Neun Entführungen und ein Todesfall

D1925744

© Ueberreuter

Christian Bieniek wurde 1956 in Dieburg geboren. Er lebt in Düsseldorf und schreibt Bücher für Kinder und Erwachsene.

Marlene Jablonski wurde 1978 in Danzig geboren. Sie arbeitet seit ihrem Abitur als freie Schriftstellerin in Düsseldorf.

Vanessa Walder wurde 1978 in Heidelberg geboren. Sie arbeitete für die österreichische Jugendzeitschrift TOPIC und lebt heute als freie Schriftstellerin in Wien.

Im Carlsen Taschenbuch ist in der Reihe *Zwei echte Profis* außerdem der Titel *Der geschmuggelte Ring* (CTB 255) lieferbar.

Christian Bieniek

Marlene Jablonski Vanessa Walder

Zwei echte Profis

Neun Entführungen und ein Todesfall

CARLSEN

Veröffentlicht im Carlsen Verlag
Oktober 2003
Mit freundlicher Genehmigung des Ueberreuter Verlages
Copyright © 2001 Christian Bieniek, Marlene Jablonski, Vanessa Walder
und Verlag Carl Ueberreuter, Wien
Umschlagbild: Karoline Kehr
Umschlaggestaltung: Doris K. Künster / Britta Lembke
Corporate Design Taschenbuch: Dörte Dosse
Gesetzt aus der Minion von H & G Herstellung, Hamburg
Druck und Bindung: Elsnerdruck, Berlin
ISBN 3-551-36254-6
Printed in Germany

Der kluge Klick: www.carlsen.de

Kapitel 1

»Musstest du denn unbedingt so festzudrücken, du Spinner?«, knurre ich Murat an. »Du hättest mich glatt umbringen können!«

Bei jeder Kopfbewegung tut mir der Nacken weh. Murat und ich sollten gestern in der Judostunde den Gummikater üben. Und wie immer bei diesen Festhaltegriffen musste ich das Opfer spielen.

»Eigentlich hätte ich bei so einer dämlichen Übung gar nicht mitmachen dürfen«, jammere ich. »Ich bin weder ein Kater noch aus Gummi!«

Murat kümmert sich nicht um mein Gemecker. Mit finsterer Miene schlurft er neben mir her, die Hände in den Hosentaschen vergraben. Ab und zu wirft er einen sehnsüchtigen Blick auf die vorbeifahrenden Autos.

Er hasst es genauso wie ich, zu Fuß zur Schule zu gehen. Aber wenn es in Strömen gießt, so wie heute, müssen wir die Räder zu Hause stehen lassen.

Damit wir nicht nass werden. So ein Quatsch! Murat und ich sind zwar mit Schirmen bewaffnet, aber wenn wir die benutzen, dann höchstens als Schwerter. Selbst beim schlimmsten Unwetter würden wir sie nicht aufspannen. Schirme sind was für Rentner. Und für Mädchen.

Zu dumm, dass unsere Eltern uns nicht mit dem Wagen zur Schule bringen wollen! Ihrer Meinung nach ist sie nur einen Katzensprung entfernt. Als ob Katzen kilometerweit springen könnten! Außerdem finden unsere Eltern, frische Luft würde uns gut tun. Murat und ich halten das alles für Schwachsinn. Der Schulweg kommt uns manchmal einfach endlos vor. Und auf den Straßen herrscht so wahnsinnig viel Verkehr, dass von frischer Luft keine Rede sein kann. Statt mit Schultaschen sollten wir lieber mit Gasmasken unterwegs sein.

»Die Nackenschmerzen waren so höllisch, dass ich kaum einschlafen konnte«, beschwere ich mich bei Murat. »Wenn du noch fester zugedrückt hättest, würde ich jetzt mit dem Kopf unterm Arm die Straße entlangspazieren. Weißt du was? Bei den nächsten Übungen solltest du eine Schaufensterpuppe benutzen. Der kannst du ruhig alle Knochen brechen. Und die quält deine empfindlichen Ohren auch nicht mit lauten Schmerzensschreien.«

»Mensch, Benedikt!«, stöhnt mein Freund. »Jetzt halt endlich die Luft an! Wenn du Angst vor blauen Flecken hast, dann hör auf mit Judo und geh in die Ballettschule.«

»Toller Vorschlag!«

»Gestern hast du dich mit einem wahren Meister gemessen, gegen den du nichts ausrichten konntest.«

Dieses Großmaul! Nur weil ich bei der Prüfung zum gelben Gürtel mit Grippe im Bett lag, spielt sich Murat seit ein paar Wochen auf, als wäre er der beste Judoka von ganz Hamburg. Ja, zugegeben: Ich konnte mich noch nie aus einem seiner Griffe befreien. Aber das liegt nicht an Murats Judokenntnissen. Er ist einfach zehn Zentimeter größer und acht Kilo schwerer als ich.

Nein, Murat ist nicht wirklich fett. Ehrlich gesagt sieht er sogar ziemlich gut aus. Dabei wäre es mir eigentlich viel lieber, wenn mein bester Freund furchtbar hässlich wäre. Dann würde ich neben ihm nicht ganz so farblos wirken. Es ist ein Wunder, dass ich mich selbst wiedererkenne, wenn ich in den Spiegel schaue, so normal sehe ich aus! Das

Einzige, was mir selbst wirklich gut an mir gefällt, ist meine Brille. Bianca hat nämlich vor zwei Wochen behauptet, damit würde ich aussehen wie Harry Potter. Ich glaube, das war ein Kompliment.

»Na, bist du mal wieder mit deinen Gedanken am anderen Ende der Welt?«, reißt mich Murat aus meinen Träumereien. »Ich sagte eben, dass Judo nur was für harte Typen ist und nichts für Grübler wie dich.«

So ganz Unrecht hat er damit nicht. Aber ich habe mir überlegt, dass es für meinen späteren Beruf gar nicht so übel wäre, wenn ich mich wehren kann.

Was ich mal werden möchte? Detektiv natürlich!

Meinen ersten Fall habe ich vor ein paar Monaten gelöst. Das heißt, nicht ich allein. Aber immerhin war ich maßgeblich daran beteiligt.

Okay, im Grunde musste ich nichts weiter tun, als mir eine Autonummer zu merken. Die habe ich dann der Polizei verraten. Der Fahrer dieses Autos hatte einen anderen Wagen gerammt und war danach mit Vollgas geflüchtet. Klar, dass ich da eingreifen musste!

Und bei dieser Gelegenheit habe ich auch die Baronin kennen gelernt. Baronin ist kein Spitzname – sie ist eine echte Adelige! Sie hatte sich bei dem

Unfall ebenfalls die Autonummer gemerkt und ist mir auf der Polizeiwache zum ersten Mal begegnet. Dort musste sie ihren vollen Namen angeben: Karoline Baronin von Stöver. Klingt das nicht toll? Angeblich ist sie sogar mit der englischen Königin verwandt, wenn auch nur um 379 Ecken. Ob tatsächlich blaues Blut in ihren Adern fließt, konnte ich noch nicht nachprüfen. Bis jetzt hat sie sich bei keinem unserer Fälle verletzt. Aber die lösen wir ja auch nicht mit Körperkraft, sondern mit Köpfchen.

Die Baronin versteht so viel von Verbrechern, dass ich mich manchmal frage, warum sie selbst keiner geworden ist. Etliche Mörder hat sie bereits entlarvt, und das meistens hundert Seiten vor Schluss. Sie verschlingt nämlich einen Detektivroman nach dem anderen. Nur ihre Lieblingsautorin Agatha Christie schafft es ab und zu, die Baronin auszutricksen.

»Kannst du nicht noch etwas langsamer gehen?«, stichelt Murat. »Dann verpassen wir wenigstens gleich die ganze erste Stunde. Weißt du was, Benedikt? Du wirst deinem Haustier immer ähnlicher.«

Damit meint er meine Schildkröte Emily. Ich hab sie zu meinem zehnten Geburtstag bekommen.

Natürlich bewege ich mich kein bisschen langsam. Aber leider stecken die ganzen zehn Zentimeter, die Murat größer ist als ich, in seinen Beinen. Wenn er einen Schritt macht, brauche ich anderthalb. Es ist nicht immer leicht, mit Murat mitzuhalten.

Dafür kommt Murat in der Schule nicht so gut mit wie ich. Fast jeden Morgen schreibt er die Aufgaben von mir ab. Deshalb drückt er beim Judo auch nie so fest zu, dass mir die Luft wegbleibt. Als Leiche könnte ich ja keine Hausaufgaben mehr machen.

»Achtung, Gänsealarm!«, zischt mir Murat plötzlich zu.

Ich werfe einen Blick über die Schulter und erkenne unter einem riesigen, knallbunten Schirm zwei Mädchen aus meiner Klasse. Prompt rast mein Herz drauflos.

Bianca …

Neben Lydia, die wie gewöhnlich ihren roten Anorak anhat, tigert sie mit gesenktem Kopf den Bürgersteig entlang. Sie trägt einen schwarzen Regenmantel und gelbe Stiefel.

Wie immer, wenn ich Bianca sehe, spielt meine Atmung verrückt. Ich bekomme so wenig Luft, als hätte ich gerade einen Marathonlauf hinter mir. Und ein seltsames Kribbeln jagt durch meinen ganzen Körper.

»Hm, Bianca sieht nicht besonders fröhlich aus«, stellt Murat fest, der sich ebenfalls umgeschaut hat. »Welche Laus ist der wohl über die Leber gelaufen?«

Keine Ahnung. Aber wenn ich die Laus gewesen wäre, hätte ich anschließend noch einen Abstecher zu Biancas Lippen gemacht und wäre dort stundenlang spazieren gegangen.

»Was ist los, Benedikt?« Murat boxt mich grinsend in die Seite. »Du bist ja so blass, als hättest du heute Nacht in einem Sarg geschlafen. Hast du etwa Angst vor Lydia und Bianca? Das sind doch nur Mädels, Mann! Bleib cool und mach einen Knoten in deine Zunge, kapiert?«

Ein weiser Rat, denn wenn Bianca in der Nähe ist, brauche ich mindestens zwanzig Sekunden für ein Wort. Allein ihr Name kostet mich unsägliche Mühen. Er klingt dann auch mehr nach B-B-B-Bianca.

Also sage ich lieber gar nichts, sobald meine Angebetete in Sichtweite kommt. Ich will schließlich nicht, dass sie auf die Idee kommt, mich Harry

Stotter zu nennen. Aber das würde sie wahrscheinlich niemals tun. Dazu ist sie viel zu nett.

Murat und ich haben unsere Blicke wieder geradeaus gerichtet und den Gang beschleunigt. Trotzdem scheinen die Mädchen aufzuholen. Jedenfalls wird Lydias Geschnatter immer lauter.

Da ruft sie auch schon: »Na, Murat, musst du mal wieder Aufgaben abschreiben? Oder warum hast du es so eilig?«

»Du schreibst deine Sechsen ja lieber ohne fremde Hilfe«, ruft mein Freund zurück ohne den Kopf zu wenden.

Ich wünschte, mir würde auch immer ein toller Spruch einfallen, wenn sich jemand über mich lustig macht. Okay, meistens fällt mir tatsächlich einer ein. Aber wenn Murat in Hörweite ist, habe ich keine Chance, ihn zu überholen. Seine Zunge ist zehnmal schneller als meine. Und seine Stimme zwanzigmal lauter.

»Hey, Benedikt!«, ruft Lydia, die jetzt direkt hinter uns sein muss. »Willst du Murat eigentlich bis zum Abitur abschreiben lassen?«

Da bleibt Murat stehen, fährt herum und faucht: »Kann dir das nicht völlig egal sein, du dumme Nuss?«

Ich hasse Streitereien mit Mädchen – vor allem mit Mädchen wie Lydia! Gegen ihre große Klappe ist kein Kraut gewachsen. Sie kann uns in Grund und Boden quatschen, wenn sie will. Und blöderweise will sie das fast immer!

Warum gehen wir nicht einfach weiter? Hoffentlich überholen uns die beiden Mädchen ohne uns anzugiften.

O nein: Lydia und Bianca bleiben neben uns stehen! Ich weiß nicht, wo ich hinschauen soll. Darum nehme ich schnell die nasse Brille ab und reibe sie an meinem linken Ärmel, obwohl der noch nasser ist als die Brillengläser.

»Wisst ihr nicht, wie man Schirme aufspannt?«, fragt Lydia. »Das ist doch kinderleicht! Oder wollt ihr lieber nass werden, weil ihr heute Morgen wieder nicht geduscht habt?«

»Red keinen Mist!«, erwidert mein Freund gereizt, obwohl Duschen tatsächlich nicht unbedingt zu seinen Hobbys gehört.

»Mach nicht so ein böses Gesicht, Murat!«, bittet Lydia mit übertrieben ängstlicher Stimme. »Sonst krieg ich Angst vor dir, du großer Meister des Karate.«

»Judo!«, grummelt Murat und kickt einen Stein auf die Straße.

»Wieso hast du deinen gelben Gürtel nicht an?«, wundert sich Lydia. »Oder passt der etwa gar nicht um deinen Bauch?«
»Morgen bringe ich ihn mit!«, droht Murat. »Und dann erwürge ich damit ein paar blöde Gänse!«
Lydia fängt an zu lachen. Ich setze die Brille wieder auf und werfe einen kurzen Blick auf Bianca. Sie sieht zu Boden und verzieht keine Miene. Irgendwas stimmt nicht mit ihr. So geknickt habe ich sie noch nie gesehen. Zu gern würde ich sie fragen, was mit ihr los ist, aber dafür müsste ich etwas höchst Schwieriges tun: reden.
Während ich nach den richtigen Worten suche, rupft Bianca plötzlich ihrer Freundin den Schirm aus der Hand und marschiert weiter.
»Was soll das?«, ruft Lydia ihr verdattert hinterher. »Warte mal! Ich wollte mir doch den Schnürsenkel zubinden!«
Als sie sich hinkniet, um ihren Schuh zu schnüren, flüstere ich Murat schnell ins Ohr: »Frag sie doch mal, was mit Bianca los ist.«
»Frag doch selbst!«
Klar, natürlich kann ich für mich selbst sprechen. Aber Lydia ist fast so bissig wie ein Kampfhund. Jeder hat Angst vor ihrem rotzfrechen Mundwerk,

sogar Murat. Ich schaue ihn so flehend an, dass er schließlich doch meine Bitte erfüllt.

Nachdem sich Lydia wieder aufgerichtet hat, sagt Murat: »Benedikt will wissen, warum Bianca ein Gesicht wie fünf Tage Regenwetter macht.«

Na toll! Warum hat er Lydia nicht gleich gefragt, ob Bianca mich heiraten will?

»Weil es seit fünf Tagen regnet«, antwortet Lydia. »Und jetzt passt mal gut auf!« Sie reißt meinen Schirm an sich und spannt ihn auf. »So einfach geht das. In der Schule kriegst du den Schirm wieder zurück, Benedikt! Tschüs!«

Sie will verschwinden, aber ich halte sie fest und frage: »Was ist denn wirklich mit Bianca los?«

»Sie ist traurig, weil ihr Flipper verschwunden ist«, verrät mir Lydia.

»Was? Sie hatte einen Delfin?«

»Einen Delfin!« Lydia verdreht die Augen. »Wo sollte sie den denn unterbringen, du Blödmann? In ihrer Badewanne? Nein, Flipper heißt der Hund, den sie von ihrer Oma geschenkt bekommen hat. So 'n ganz süßer, winziger Golden Retriever.«

»Ich kann mir schon denken, was mit ihm passiert ist«, sagt Murat.

»So? Was denn?«, fragt Lydia lauernd.
Murat grinst. »Abgehauen und unter einen Lkw geraten. An Biancas Stelle würde ich nach einem ziemlich flachen Hund Ausschau halten.«
»So flach wie deine Witze ist er sicher nicht!«, schnaubt Lydia und stapft mit großen Schritten davon.
Wir setzen uns ebenfalls in Bewegung.
»Los, Beeilung!«, drängt Murat. »Ich muss noch Mathe abschreiben!«
Und weil ich nicht gleich reagiere, tritt er mir gegen den linken Fuß. Der ist noch hier – im Gegensatz zu meinen Gedanken, die mal wieder ganz woanders sind.
Ich sehe mich vor Biancas Haus ankommen. Völlig außer Puste rase ich die Stufen bis zu ihrer Tür hinauf und läute Sturm. Sie öffnet und sieht mich fragend an. Ich hebe beide Arme und überreiche ihr, was ich unter Einsatz meines Lebens gefunden habe: ihren Flipper! Sie stößt einen Freudenschrei aus und schließt erst den Hund und dann mich in die Arme.
Nur ein Traum?
Hey! Wozu bin ich denn Detektiv? Wenn ich nicht mal meiner liebsten Bianca helfen kann, sollte ich

es lieber gleich aufgeben. Aber ganz allein werde ich das wohl nicht hinkriegen.
Vor der Schule krame ich schnell mein Matheheft aus der Schultasche und drücke es dem verblüfften Murat in die Hand.
»Ich komme in fünf Minuten nach«, rufe ich. Dann flitze ich so schnell zur nächsten Telefonzelle, als würden mich drei Dobermänner verfolgen.
»Von Stöver«, meldet sich die Baronin mit ihrer tiefen Stimme. »Wer ist am Apparat?«
»Ich«, keuche ich in den Hörer.
»Ich kenne keinen Herrn Ich!«, brummt die Baronin unwirsch.
Sie mag es nicht, wenn man sich am Telefon nicht mit dem Namen meldet. Also tue ich ihr den Gefallen und sage: »Hier ist Benedikt Bachmann.«
»Wo brennt's denn, mein Junge?«
»Nein, keine Brandstiftung«, erkläre ich. »Es geht um eine Entführung. Biancas Hund ist weg.«
»Ein verschwundener Hund?«, meint sie abschätzig. »Vergiss es! Ich habe einen Mordfall ...«

Kapitel 2

Wie eine Schnecke kriecht die S-Bahn durch die Stadt. Unruhig rutsche ich auf meinem Sitz hin und her und werfe immer wieder einen Blick auf die Uhr. Natürlich starre ich auch aus dem Fenster und halte Ausschau nach Kreuzen und Grabsteinen. Bisher vergeblich.

Es regnet mal wieder Bindfäden. Graue Wolken hängen tief über der Stadt. Also genau das richtige Wetter für eine Beerdigung.

Mir gegenüber sitzt ein alter Mann mit Schnauzer und Glatze. Er hat mehr Falten im Gesicht als alle meine vier Großeltern zusammen. Seine blauen Fischaugen haben mich schon mehrmals von Kopf bis Fuß gemustert.

Als die S-Bahn an der nächsten Station hält, stößt der Mann einen Seufzer aus und sagt: »Du machst mich ganz nervös mit deinem Gezappel, mein Junge! Hast du etwa Hummeln im Hintern?«

»Nein, ich hab's eilig! Wenn die Bahn nicht einen Zahn zulegt, komme ich zu spät.«
»Wohin denn?«
»Auf den Altonaer Friedhof.«
Der alte Mann lächelt. »Glaub mir, da kommst du noch früh genug hin.«
»Ich muss auf eine Beerdigung«, erkläre ich.
»Wer ist denn gestorben?«
»Keine Ahnung«, antworte ich wahrheitsgemäß. »Eine alte Frau.«
»Tja, das haben alte Leute so an sich, dass sie irgendwann den letzten Atemzug tun.« Der Mann atmet ganz tief durch, als wollte er nachprüfen, ob er noch lebt. »Woran ist denn die Frau gestorben?«
»Keine Ahnung«, antworte ich wieder, woraufhin der Glatzkopf ein erstauntes Gesicht macht und fragt: »Du gehst auf Beerdigungen von Leuten, die du überhaupt nicht kennst?«
Ich nicke.
»Hm.« Der alte Mann kratzt sich am Hinterkopf. »Als ich so alt war wie du, da hatte ich ganz andere Hobbys.« Er steht auf, lächelt mich zum Abschied freundlich an und steigt aus. Beim Weiterfahren winke ich ihm zu.

Nein, ich hab wirklich keine Ahnung, auf wessen Beerdigung ich gehe. Mit dem Namen der Frau, die angeblich ermordet wurde, wollte die Baronin gestern am Telefon partout nicht rausrücken.

»Man kann ja nie wissen, wer unser Gespräch mithört«, flüsterte sie geheimnisvoll.

Sie hat mir lediglich verraten, dass der Mord in dem Altersheim verübt wurde, in dem die Baronin wohnt.

»Also praktisch nebenan!«, zischte sie gestern in den Hörer.

Und dann hat sie mich überredet, zur Beerdigung des Opfers zu kommen. Sie hat irgendwas von *Lokalaugenschein* gemurmelt. Ehrlich gesagt ist mir ziemlich schleierhaft, was sie damit meint. Will die Baronin etwa das Stammlokal der Ermordeten in Augenschein nehmen?

»Lass dir irgendeine Ausrede einfallen und schwänz die Schule«, hat sie mir allen Ernstes geraten. »Da verpasst du sowieso nichts.«

Typisch Baronin! Zum Glück ist heute Elternsprechtag. Also fällt der Unterricht sowieso aus.

»Altonaer Friedhof!«, tönt die Stimme aus dem Lautsprecher.

Als die Bahn hält, springe ich hinaus und halte

nach allen Seiten Ausschau. Schräg gegenüber der Haltestelle entdecke ich den Friedhofseingang. Wie verabredet erwartet mich dort die Baronin. In der einen Hand hält sie einen Strauß weißer Lilien, in der anderen einen riesigen Regenschirm.

Ich flitze los.

»Wer ist tot?«, frage ich sofort, nachdem ich bei ihr angekommen bin.

»Anscheinend die Höflichkeit!«, grummelt die Baronin, klemmt sich den Blumenstrauß unter den Arm und schüttelt mir die Hand. »Guten Tag, Benedikt!«

»Guten Tag, Frau von Stöver!«, erwidere ich ungeduldig.

Ein Lächeln huscht über ihr Gesicht. »Ich dachte schon, du hättest das Grüßen verlernt. Wir gehen jetzt übrigens auf eine Beerdigung. Also beweg dich langsam und sag möglichst wenig.«

Also benimm dich wie immer!, würde Murat hinzufügen.

Die Baronin trägt einen langen, schwarzen Mantel, der ihr kurzes, graues Haar noch kürzer und noch grauer erscheinen lässt. Missbilligend zupft die Baronin an meinem Anorak herum.

»Bin ich etwa farbenblind?«, fragt sie mit strenger

Miene. »Oder ist das hier tatsächlich grün? Hast du noch nie gehört, dass man auf Beerdigungen schwarze Sachen trägt?«

»Ich habe nur diese Jacke«, verteidige ich mich. »Und darunter trage ich ja auch einen schwarzen Pulli.«

Zum Beweis mache ich den Reißverschluss auf. Sie nickt gnädig. Langsam werde ich zappelig.

»Warum stehen wir denn hier am Eingang herum?«, frage ich ungeduldig. »Sollten wir nicht endlich auf den Fried–«

»Pssst!«, zischt die Baronin. »Da ist er!«

Ich drehe mich um und sehe in die Richtung, in die sie starrt. Wer soll da sein? Alles, was es zu sehen gibt, ist ein schwarzer Jaguar, der gerade gegenüber vom Friedhofseingang geparkt wird.

Aus dem Wagen steigt ein Mann Anfang dreißig, der einen schwarzen Anzug und einen dunkelgrauen Mantel trägt. Ich verstehe nicht, warum ihn die Baronin mit bösen Blicken durchbohrt. Bei ihm hat doch sogar der Wagen die passende Farbe.

»Das ist der Neffe der verstorbenen Miss K!«, erklärt sie im Flüsterton. »Stell dir vor: Vor einer

Woche ist er noch mit einem uralten VW-Käfer herumgefahren. Was sagst du dazu, mein Junge?«

Ich zucke die Schultern. »Wer ist überhaupt Miss K?«, erkundige ich mich ebenso leise.

»Frau Krasinski. Sie hatte die Wohnung neben mir. Findest du nicht auch, dass wir ihr einen Codenamen verpassen sollten?«

Mit langsamen Schritten und gesenktem Blick schlurft Frau Ks Neffe an uns vorbei, ohne sich auch nur im Geringsten um den Regen zu kümmern, und steuert auf die Kapelle zu. Seine Augen sind rot und geschwollen.

»Warum ist es denn so schlimm, dass ihr Neffe nicht mehr in seinem alten Käfer herumfährt?«, frage ich, als er außer Hörweite ist.

»So schlimm?«, wiederholt die Baronin mit hochgezogenen Brauen. »Das ist der Beweis, dass er der Täter ist, dieser schlaue Fuchs!«

»Weil er keinen Käfer mehr hat?«

»Und weil er jetzt einen Jaguar hat.«

»Deshalb ist er ein Fuchs?«, frage ich verwirrt.

»Aber ja. Und ein gerissener Hund noch dazu.«

»Hä?« Ich verstehe nur noch Zoo.

Die Baronin stößt einen Seufzer aus und zieht

mich durch das Tor. In gemächlichem Tempo gehen wir den Kiesweg entlang.

»Überleg doch mal«, fängt sie an. »Ein junger Mann hat kein Geld. Er ist Maler, verdient damit aber nur ein paar Groschen. Seine einzige Verwandte ist eine alte Dame, die mit ihren 73 Jahren noch Rad fährt und wandert. Sie ist also rundum gesund. Darum besteht nur wenig Hoffnung, dass sie bald das Zeitliche segnet und er ihr Vermögen erbt. So weit alles klar?«

Ich kann nur nicken, weil ich plötzlich ein ganz mulmiges Gefühl im Bauch habe und kein Wort rauskriege. Ich muss nämlich daran denken, dass die Baronin auch nicht mehr die Jüngste ist. Und dass ihr Name bald ebenfalls auf einem dieser Grabsteine stehen könnte, von denen wir hier umzingelt sind.

»Tja, und plötzlich liegt diese gesunde alte Dame tot in ihrem Bett«, fährt die Baronin fort, worauf der Kloß in meinem Hals auf doppelte Größe anschwillt. Ob die Baronin eines Tages auch im Bett sterben wird?

»Und jetzt rate mal, wer Frau K am Tag zuvor besucht hat«, fordert sie mich auf.

»Der Kerl mit dem Jaguar«, vermute ich.

»Genau: ihr Neffe!«
»Aber sieht er denn nicht so aus, als wäre er furchtbar traurig?«, gebe ich zu bedenken. »Er hat eindeutig geweint.«
Die Baronin winkt energisch ab. »Krokodilstränen!«
»Hm.«
Ein Sonnenstrahl kämpft sich für ein paar Sekunden durch die graue Wolkenmasse. Kaum ist er verschwunden, wird der Regen noch heftiger.
Ich hole tief Luft und frage: »Wie wurde Miss K denn ermordet?«
Die Baronin schweigt. Unsere Schuhe machen ein knirschendes Geräusch auf dem Kies. Oder sind das vielleicht meine Zähne? Stimmt: Ich kann es auf den Tod nicht ausstehen, über den Tod zu reden. Nicht unbedingt die beste Voraussetzung dafür, Detektiv zu werden ...
»Na ja, die Todesursache steht noch nicht ganz fest«, druckst die Baronin herum, als wir vor der Kapelle angekommen sind.
»Sie meinen, man hat die Mordwaffe noch nicht gefunden?«
»Eigentlich gibt es keine Mordwaffe«, gesteht die Baronin und klingt dabei irgendwie enttäuscht. Sie

schaut auf ihre goldene Armbanduhr. »Sie müssten gleich rauskommen.«
»Schon?«
»Frau K wurde in der Kapelle nur aufgebahrt. Die Trauerfeier findet am offenen Grab statt.«
O Gott! Am liebsten würde ich die Beine in die Hand nehmen und abhauen. Mir fällt ein, was bei der Beerdigung von Herrn Dörsch, einem Nachbarn von uns, passiert ist. Als ich an seinem offenen Grab stand, wurde mir so schlecht, dass ich beinahe umgekippt und selbst ins Grab gefallen wäre.
»Äh – hören Sie, müssen wir denn unbedingt – äh – ich meine –«
»Sei still!«, unterbricht mich die Baronin. »Es geht los!«
Aus der Kapelle kommen rund dreißig schwarz gekleidete Leute. Fast alle haben dunkle Regenschirme dabei. Sie bleiben stehen und machen den Sargträgern Platz.
Wir schweigen, während wir zusehen, wie der Sarg vorbeigetragen wird und der Trauerzug ihm langsam folgt. Ich versuche den Kloß in meinem Hals runterzuschlucken. Vergeblich.
Die Baronin nickt einigen Leuten zu. »Die sind aus dem Heim«, erklärt sie mir.

Einige kenne ich auch vom Sehen, weil ich die Baronin regelmäßig besuche.
Sie weist mit dem Kopf auf einen älteren Mann, der ihr zunickt.
»Das ist Herr Hoffmann«, sagt sie. »Er hat Miss K einen Heiratsantrag gemacht. Das ist erst eine Woche her. Sie hat natürlich Nein gesagt. Du hättest hören müssen, was für Witze Miss K über Herrn Hoffmann gemacht hat. Zum Totlachen!«
Verstohlen wischt sie sich eine Träne aus den Augenwinkeln. »Ach ja, sie war schon eine furchtbar nette Dame!«
Ich habe Frau Krasinski nur ein paar Mal kurz gesehen. Soweit ich mich erinnern kann, hat die Baronin nie etwas Nettes über sie gesagt, als sie noch lebte. Eigentlich hat sie sich nur über sie beschwert. Weil sie zu laut Musik gehört und beim Kartenspielen angeblich betrogen hat. Und weil sie niemanden grüßte, wenn sie schlecht gelaunt war.
Komisch: Sobald jemand tot ist, finden ihn plötzlich alle Leute nett.
Als Letzte schließen wir uns dem Trauerzug an. In Zeitlupe schreiten wir den Kiesweg entlang. Bis auf vereinzeltes Schniefen und das Prasseln der Regentropfen auf die Schirme ist kein Laut zu hören.

Nach ein paar Minuten bleiben wir an einem offenen Grab stehen und der Pfarrer beginnt mit dem Gebet.

Direkt hinter dem Sarg steht laut schluchzend Miss Ks Neffe. Die Baronin und ich lassen ihn keine Sekunde aus den Augen.

»Für diese schlechte Vorstellung würde der Kerl bestimmt keinen Oscar kriegen!«, zischt sie mir empört zu. »So ein Schmierenkomödiant! Er hat ein Riesenglück, dass es regnet. Da sieht es so aus, als würde er tatsächlich weinen. Genau darum hat er auch keinen Schirm.«

»Wie ist Frau K denn nun gestorben?«

»Der Arzt sagt, Herzversagen«, flüstert sie.

»Aber – aber dann war es doch gar kein Mord!«

»Doch, und zwar ein perfekt ausgeübter Mord!«, behauptet die Baronin. »Ich vermute, dass Gift im Spiel war.«

»Vermutet das sonst noch jemand? Zum Beispiel die Polizei?«

»Die Polizei!«, meint die Baronin höhnisch. »Die tut doch erst was, wenn Blut fließt.«

»Dann sind wir also die Einzigen, die ermitteln.«

»Du hast es erfasst, mein Junge. Dieser Fall gehört uns ganz allein.«

Allmählich zweifle ich daran, dass es hier überhaupt einen Fall gibt.
»Morgen nehmen wir die Ermittlungen gegen den Verdächtigen A auf«, verkündet die Baronin. »Für mich ist die Sache klar: Er hat seine Tante um die Ecke gebracht!«
»Und wenn sich herausstellt, dass er unschuldig ist?«
Auch darauf hat die Baronin eine Antwort. »Dann widmen wir uns dem Verdächtigen B«, sagt sie. »Ich hab da schon jemanden im Auge.«

Kapitel 3

Ohne anzuklopfen stürmt Murat in mein Zimmer. Vor Schreck zucke ich zusammen und durchbohre meinen Freund mit einem grimmigen Blick.

»Kannst du nicht lesen, du Spinner?«, fauche ich ihn an. »Draußen steht *Bitte anklopfen*. Würdest du dich bitte daran halten?«

»Wenn du unbedingt willst!«, erwidert er grinsend und klopft mit dem rechten Mittelfinger dreimal gegen meine Stirn.

»Zufrieden?«, fragt er anschließend und zeigt dann auf den Bildschirm. »Machst du gerade was Wichtiges am Computer? Ich will *Kommando Acht* spielen.«

»Siehst du nicht, dass ich mit ganz was anderem beschäftigt bin?«, brumme ich. »Ich mache gerade Judo.«

»Mit deiner Maus?« Er schüttelt mitleidig den

Kopf. »Na ja, das ist wohl der einzige Gegner auf der Welt, den du besiegen kannst.«

»Blödmann!«

Eigentlich wollte ich nur ziellos im Internet rumsurfen, aber vor einer halben Stunde habe ich zufällig eine Seite mit den besten Judogriffen entdeckt. Die werden dort besser erklärt als von unserem Judolehrer. Was allerdings auch keine große Kunst ist. Manchmal frage ich mich, wie der Typ zu seinem schwarzen Gürtel kommt. Hm, vielleicht hat er ja nur einen weißen und den seit Jahren nicht mehr gewaschen.

Dass ich überhaupt am Computer sitze, habe ich der Beerdigung von heute Morgen zu verdanken. Dauernd musste ich daran denken, wie Frau Ks Sarg im Grab versenkt wurde. Dabei liefen mir immer wieder kalte Schauer über den Rücken. Ich dachte, das Internet könnte mich vielleicht von meinen düsteren Gedanken ablenken.

»Vergiss diesen Quatsch!«, sagt Murat. »Judo kannst du nicht am Bildschirm lernen. Lass uns lieber ein Spiel einwerfen!«

»Keine Lust!«

Mein Freund verdreht die Augen. »Nun mach schon!«, drängt er. »Ich hab meiner Mutter vorgeschwindelt, dass ich zum Lernen rüberkomme.« Er wirft sein Matheheft achtlos auf mein Bett. »In einer halben Stunde muss ich wieder zurück sein. Sie will mit mir einkaufen gehen. Hoffentlich nichts zum Anziehen!«

Weil ich nicht darauf reagiere, lässt sich Murat auf dem Boden nieder und streichelt Emily über den Panzer. Sie kriecht gerade im Zimmer herum. Alle drei Zentimeter macht sie eine Pause und schaut sich nach allen Seiten um.

»Na, du Schnecke?«, begrüßt Murat sie grinsend. »Du gehst uns bestimmt nicht so schnell verloren wie Biancas Kläffer.« Er zupft mich am Hosenbein und sagt: »Schau doch mal nach, ob es im Internet eine Seite für entlaufene Delfine gibt!«

»Hm«, mache ich nur, obwohl ich Murats Vorschlag gar nicht so übel finde. Entlaufene Hunde mit Delfinnamen? Im Internet? Wieso nicht? Schließlich gibt es nichts auf der Welt, was man nicht im Internet findet.

»Okay!«, murmle ich. »Vielleicht entdecke ich tatsächlich was.«

Ich tippe *Hunde* und *entlaufen* in die Suchmaschine. Bereits die erste Seite ist ein Volltreffer. Ich klicke auf *Meldungen aus Hamburg*.

»Sieh dir das an!«, rufe ich Murat zu.
Er steht auf und setzt sich auf den Schreibtisch. Mit gerunzelter Stirn überfliegt er die Anzeigen.
»Seltsam ...«, meint er nachdenklich. »Da sind acht Hunde weggelaufen in den letzten drei Wochen.«
»Und alle waren jung und reinrassig«, ergänze ich. Könnte es sein, dass ich meine erste heiße Spur entdeckt habe?
Hilfe!, lautet eine Meldung. *Mein Boxerwelpe Henry ist am 2. 3. in der Jungiusstraße verschwunden. Für Hinweise rufen Sie bitte Tel.: 72* ... und so weiter.
»Einige bieten sogar Finderlohn!«, sagt Murat, der plötzlich Feuer und Flamme ist. »Mensch, Benedikt! Wir sollten Hundesucher werden. Damit könnten wir unser Taschengeld ganz schön aufbessern.«
»Drei der Hunde sind im *Planten un Blomen* verschwunden«, stelle ich fest.
»Ist ja auch logisch«, meint Murat. »Schließlich gehen die meisten Leute mit ihrem Hund im Park spazieren und nicht auf der Elbe. Es sei denn, die Hunde heißen nicht nur Flipper, sondern sehen auch wirklich so aus.«
»Es gibt aber jede Menge Parks in Hamburg. Warum gerade im *Planten un Blomen*?«

»Keine Ahnung«, knurrt Murat. »Wer gibt einem Park überhaupt so einen bescheuerten Namen? Warum heißt er nicht einfach *Pflanzen und Blumen*?«

Ich zucke die Schultern.

»Wo ist eigentlich die Jungiusstraße?«, erkundigt Murat sich plötzlich. Er schielt auf die große Hamburg-Karte, die über meinem Bett hängt. Mein Vater hat sie mir letztes Jahr zum Geburtstag geschenkt.

»Darf ich?«, fragt er. Ohne eine Antwort abzuwarten schnappt er sich ein Blatt Papier und steigt damit auf mein Bett.

»Hey, runter da!«, rufe ich. »Oder zieh wenigstens deine Schuhe aus! Das ist eine Bettdecke und keine Fußmatte, kapiert?«

Doch Murat kümmert sich gar nicht um mein Geschimpfe. Seelenruhig reißt er einen Schnipsel Papier ab und leckt mit der Zunge darüber. Dann klebt er ihn auf eine Stelle der Karte.

»Du Ferkel!«, brülle ich. »Der Stadtplan war ein Geschenk von meinem Vater. Hör auf ihn zu bespucken!«

»Reg dich ab und lies mal vor, wo die anderen Hunde verschwunden sind!«

Aha, jetzt dämmert mir, was Murat vorhat. Ich lese ihm die Orte vor. Für jeden entlaufenen Hund klebt er einen Fetzen auf den Plan.

»Und der achte?«, fragt Murat.

»Steht nicht dabei.«

Ich werfe einen neugierigen Blick auf die Karte. Nanu, die Schnipsel kleben ja alle in nächster Nähe von *Planten un Blomen*. Drei sind im Park selbst.

»Ist eine Telefonnummer dabei?«, fragt er. »Ich meine, bei dem achten Fall.«

Ich nicke.

»Dann rufst du da jetzt sofort an«, erklärt er bestimmt. »Beeil dich, ich muss gleich weg!«

»Moment mal! Wieso anrufen? Und wieso ich?«

Er zieht eine Schnute. »Na warum wohl? Wer von uns beiden ist denn hier der große Detektiv, hä? Und wer ist so scharf darauf, Biancas Hund zu finden? Ich oder du?«

»Äh –«

»Du! Ist Emily so gut dressiert, dass sie dir das Telefon aus dem Wohnzimmer holen kann? Oder musst du das selbst machen?«

»Bin ja schon unterwegs!«

Als ich ins Wohnzimmer komme, hebt meine

Mutter ihren Blick von dem Buch, das sie gerade liest.
»Na? Hilfst du Murat bei den Hausaufgaben?«
»Ja, ja, Mutti!«
»Was macht ihr denn, wenn ich mal fragen darf?«
»Geografie und Biologie.«
Das ist nicht mal gelogen. Schließlich beschäftigen wir uns im Moment mit Stadtplänen und Hunden. Ehe Mutter auf die Idee kommt, mir zu verraten, was sie heute beim Elternsprechtag über mich gehört hat, schnappe ich mir schnell das Schnurlostelefon und verkrümle mich in mein Zimmer. Wahrscheinlich hat sie gar nichts Schlimmes über mich erfahren. Aber man kann ja nie wissen, wie die Baronin so gern zu sagen pflegt.
Murat wartet schon ungeduldig auf mich. Er sagt mir die Nummer an. Dann presst er sein Ohr neben meines, weil er kein Wort verpassen möchte.
»Therese Kreisel«, meldet sich ein Mädchen, das in unserem Alter sein muss.
Ein Mädchen! Ich werfe Murat einen entsetzten Blick zu. Der rammt mir einen Ellenbogen in die Seite.
»Ich – äh – ich bin Benedikt Bachmann«, beginne ich mit zitternder Stimme. »Ich rufe an wegen –

äh – wegen des Hundes, der – äh – der verschwunden ist.«

Das Mädchen schweigt eine halbe Ewigkeit. Oder kommt mir das nur so vor? Als Thereses Stimme endlich wieder ertönt, klingt sie ängstlich und aufgeregt.

»Sie – Sie haben meinen Lorenzo?«, fragt sie.

»Was? Äh ...«

»Was wollen Sie?«, fragt Therese.

»Na ja, eigentlich wollte ich nur fragen, wo – äh – wo denn der – äh – Hund –«

»Wie viel wollen Sie?«, kreischt das Mädchen. »Wir bezahlen jeden Preis, aber bitte tun Sie ihm nichts an! Er ist doch noch ein Baby!«

Ich lasse den Hörer sinken. Was soll denn das? Fragend sehe ich Murat an. Er zuckt die Schultern. Ich halte den Hörer wieder ans Ohr.

»Gar nichts will ich«, sage ich schnell. »Mir – äh – mir ist auch ein Hund weggelaufen.«

Lächelnd reckt Murat seinen rechten Daumen in die Luft.

Ermutigt fahre ich fort: »Darum wollte ich gerne wissen, wo dein Hund verschwunden ist. Außerdem kannst du mich ruhig duzen. Ich bin zehn.«

»Ach so«, erwidert das Mädchen hörbar erleichtert. »Tut mir Leid. Ich dachte, du wärst der Entführer.«

Murat fällt vor Lachen fast vom Schreibtisch. Ich halte den Hörer zu, damit Therese nichts von seinem Anfall mitkriegt.

»Mein Hund ist nicht weggelaufen«, erzählt sie.

»Nicht?«, frage ich verwirrt. »Aber er steht doch auf dieser Seite im Internet.«

»Ja. Aber nur, weil es keine Seite für entführte Hunde gibt«, erklärt sie. »Mein kleiner Lorenzo wurde gehundnappt.«

»Gewas?«, frage ich.

»Lorenzo ist kein Kid, sondern ein Hund«, erfahre ich von der anscheinend neunmalklugen Therese. »Darum kann er nicht gekidnappt worden sein, sondern –«

»Okay, ich habe verstanden!«, unterbreche ich sie leicht genervt. »Schließlich bin ich ja nicht blöd. Wo ist das denn passiert?«

»Ich wollte gerade vom Park nach Hause gehen«, erzählt das Mädchen stockend. »Lorenzo lief ein Stückchen vor und schnupperte an einem Baum. Ich bückte mich kurz, weil mein Handschuh runtergefallen war. Und da – da schnappte ihn sich dieser Kerl!«

Murat presst sich immer enger an den Hörer und damit auch an meinen Kopf. Ich schubse ihn von mir weg. Erst wirft er mir einen finsteren Blick zu. Dann schnappt er sich einen Zettel, schreibt was drauf und drückt ihn mir in die Hand.
Inzwischen hat das Mädchen angefangen zu weinen. Weil ich nicht weiß, was ich sagen soll, lese ich einfach vor, was auf dem Zettel steht.
»Hasf du dm Krl erfonnt?«
Schönschrift gehört nicht zu Murats Stärken, wie ich mal wieder erkennen muss.
»War das Chinesisch?«, wundert sich Therese.
Murat rupft mir den Zettel aus der Hand und schreibt etwas auf die Rückseite. Diesmal gibt er sich etwas mehr Mühe.
»Hast du den Kerl erkannt?«, lese ich laut vor.
»Nein, gekannt hab ich ihn nicht«, sagt Therese. »Aber ich hab ihn natürlich gesehen.«
Murat, der sich schon wieder an den Hörer presst, verdreht die Augen.
»Und? Wie sah er denn aus?«, frage ich.
»Nicht besonders groß. Und auch nicht sehr alt.«
»Also klein und jung?«, hake ich nach.
»Nein, eigentlich nicht.«
Murat tippt sich an die Stirn.

»Irgendwelche besonderen Merkmale?«, frage ich.
»Nein.«
»Welche Haarfarbe?«
»Er hatte gar keine Haare«, sagt sie.
Murat schüttelt den Kopf. »Wenn das kein besonderes Merkmal ist!«, flüstert er.
»Und er hatte einen riesigen schwarzen Bart«, fährt das Mädchen fort. »Um seine Zähne zu verbergen.«
»Wieso verbergen?«
»Weil ihm zwei Vorderzähne fehlten«, sagt Therese, als wäre das die natürlichste Sache der Welt.
»Wo warst du spazieren?«, erkundige ich mich.
»Vor dem *Planten un Blomen.*«
Murat und ich reißen gleichzeitig die Augen auf und werfen uns einen viel sagenden Blick zu. Mein Freund steht auf und klebt einen weiteren Schnipsel auf die Karte.
Während ich mich von Therese verabschiede, kritzelt Murat in meinem Matheheft herum.
»Danke, du hast mir wirklich weitergeholfen«, sage ich zu dem Mädchen.
»Bitte. Normalerweise rede ich ja nicht mit Jungs. Aber du bist richtig nett. Wie siehst du denn aus?«
Im Moment ziemlich rot im Gesicht, und zwar vor Verlegenheit.

»Bist du noch dran?«, fragt Therese.
»Ja. Aber jetzt nicht mehr. Tschüs!«
»Tschüs!«
Ich unterbreche die Verbindung und lege den Hörer aufs Fensterbrett. Dann wende ich mich Murat zu, der am Schreibtisch sitzt und immer noch in mein Matheheft kritzelt.
»Was machst du da?«, frage ich ihn.
Lächelnd präsentiert er mir eine Skizze.
»Wer soll das sein?«, erkundige ich mich. »Madonna oder der Papst?«
»Unser Verbrecher natürlich!«, antwortet er. »Genau so hat dieses Mädchen ihn uns beschrieben.«
Murat kann wirklich viel, aber zeichnen kann er nicht.
»Das ist jetzt unser Phantombild«, sagt Murat und reißt die Seite aus dem Heft.
Ein paar andere Seiten fallen mit heraus und landen auf Emily. Sie hat sich inzwischen bis zum Schreibtisch vorgearbeitet.
Murat bückt sich und fängt an zu kichern.
»Nicht fressen, Emily!«, meint er. »Für dich hab ich was anderes.« Er zieht ein Papierknäuel aus der Tasche und hält es ihr vor die Nase. »Hier, riech mal. Okay, und jetzt such!«

»Such was?«, frage ich misstrauisch. »Was soll das überhaupt sein?«

»Ein Zettel, den Bianca nach der Zeichenstunde weggeworfen hat«, erklärt Murat. »Also muss er noch nach ihr riechen. Und wahrscheinlich riecht ihr Hund auch nach ihr. Hat Emily nicht eine gute Spürnase?«

»Das ist eine Schildkröte und kein Bluthund!«

»Schade.« Er wirft einen Blick auf die Uhr. »Ich muss los. Danke, dass ich Computer spielen durfte!«

»Bitte! Echt toll von dir, dass du mir bei meiner Detektivarbeit geholfen hast.«

»Gern geschehen!« Murat schnappt sich sein Matheheft und geht zur Tür. »Warum hilft dir die Baronin nicht bei dem Fall?«

»Ach, sie kümmert sich um was anderes.«

»Um was denn?«

»Mord.«

Murat lacht auf. »Ich glaube eher, sie beschäftigt sich mit Vögeln.«

»Wieso?«

Er tippt sich an die Stirn. »Weil es bei der Baronin hier oben mächtig piept!«

»Quatsch!«

Mein Freund nickt mir zu und verschwindet aus dem Zimmer.
Ich lasse mich neben Emily nieder.
»Zeig doch mal, was du da hast.«
Sie liegt genau auf dem Papierknäuel, das Murat ihr gegeben hat. Vorsichtig hebe ich sie auf und schnappe mir das Blatt. Emily zappelt mit den Füßen. Ich setze sie wieder ab und glätte das Knäuel. Bianca hat einen kleinen Hund darauf gemalt. Er ist hellbraun und kuschelig. Um den Hals trägt er einen silbernen Anhänger. Wenn der in echt auch so groß ist, kippt das arme Tier vermutlich ständig vornüber. Ich sehe mir das Blatt näher an. Na ja, eigentlich könnte das Vieh darauf auch ein Kälbchen sein. Oder ein Tiger.
Egal – es ist von Bianca. Eigenhändig gemalt! Sorgfältig hefte ich das Blatt an die Wand neben meinem Schreibtisch. Allerdings mit Klebestreifen, nicht mit Spucke.

Kapitel 4

Jedes Mal, wenn ich die Wohnung der Baronin betrete, habe ich das Gefühl, in die Zentralbibliothek zu kommen. An jeder Wand stehen Regale voller Bücher, die bis zur Decke reichen. Für Möbel bleibt da natürlich kaum Platz. In einem der Zimmer befindet sich inmitten der gigantischen Büchersammlung ein Bett, in einem anderen Raum eine Badewanne und wieder in einem anderen ein grünes Sofa.

Genau auf diesem Sofa sitze ich gerade, während die Baronin uns von nebenan aus der Küche etwas zu trinken holt. Seit wir uns kennen, verbringe ich mindestens einen Nachmittag in der Woche in diesem Zimmer. Wir schlürfen gemütlich unseren Tee und unterhalten uns über die Krimis, die sie gerade gelesen hat.

Aber heute ist alles anders ...

Nebenan ist Miss K gestorben. Darum wollen wir

gleich über einen Fall reden, der noch nie in einem Krimi aufgetaucht ist.

Es klopft an der Wohnungstür. Die Baronin kommt aus der Küche und öffnet die Tür. Sie wechselt ein paar Worte mit jemandem, reicht einen Geldschein hinaus und schließt die Tür wieder.

Mit geheimnisvoller Miene wendet sie sich mir zu. »Es kann losgehen, mein Junge. Er ist weg.«

»Wer ist weg?«, frage ich.

»Frau Ks Neffe. Er war heute dreimal in ihrer Wohnung, um ihre Sachen abzuholen. Die Putzfrau hat mir eben gesagt, dass er jetzt fahren will.«

Ich verstehe noch immer nicht. »Na und? Was hat das mit uns zu tun? Sollen wir dabei zuschauen, wie er seinen Jaguar startet?«

Die Baronin stemmt dic Hände in die Hüften. »Weißt du wirklich nicht, was ich vorhabe?«

Ich schüttle den Kopf.

»Wir gehen in Frau Ks Wohnung, was sonst?«, verkündet die Baronin. »Vielleicht entdecken wir etwas, womit wir den Mörder überführen können.«

Sie schnappt sich ihre Handtasche. Ehe ich ein Wort sagen kann, ist sie schon auf den Flur ver-

schwunden. Was soll ich bloß machen? Erst kaue ich nervös auf meiner Unterlippe herum. Dann atme ich ganz tief durch und folge der Baronin.
Die steht vor Frau Ks Wohnungstür und sieht sich vorsichtig nach allen Seiten um. Dann holt sie ein Etui aus ihrer Handtasche. Genau so eins hat meine Mutter auch. Bei ihr sind da Nagelscheren und kleine Feilen drin.
Die Baronin klappt es auf. Der Inhalt sieht genauso aus, wie ich vermutet habe: jede Menge Feilen, Messerchen und Stäbchen, allerdings aus Silber.
»Wollen Sie sich jetzt die Nägel feilen?«, frage ich verblüfft.
Die Baronin antwortet nicht. Sie beugt sich ganz nah zum Türschloss und murmelt: »Zwölfer. Vielleicht ein Haar mehr, aber sicher kein Dreizehner.«
Dann zückt sie eine Feile und schiebt sie ganz vorsichtig in das Schloss. Anschließend nimmt sie einen der Silberstifte und steckt ihn etwas weiter oben hinein. Mit einem Ruck bewegt sie beides gleichzeitig in verschiedene Richtungen und – die Tür springt auf!
Ob meine Mutter das mit ihren Feilen auch kann? Dann sollte ich für ein paar Sachen in meinem Zimmer bessere Verstecke finden.

»Moment mal!«, protestiere ich leise. »Können wir denn einfach so eine fremde Wohnung betreten?«
»Wer soll uns denn daran hindern?«, fragt die Baronin zurück. »Der Geist von Frau K?«
Auf meinem Rücken macht sich Gänsehaut breit.
»Nun komm endlich rein!«, drängt die Baronin. »Mit Geistern werde ich schon fertig.«
In meinem Bauch kribbelt es so furchtbar, als würde dort ein Tausendfüßler spazieren gehen. Trotzdem hefte ich mich der Baronin an die Fersen.
Sie schließt sofort die Tür hinter uns und legt warnend den Finger auf die Lippen. Ich werfe ihr einen fragenden Blick zu. Warum sollen wir unbedingt schweigen? Daraufhin formt die Baronin lautlos die Worte *Man kann nie wissen*. Pah! Also wenn es hier Wanzen gibt, dann sicher lebendige und nicht elektronische.
Neugierig schaue ich mich um. Viel zu sehen gibt es hier nicht. Die Wohnung sieht genauso aus wie die der Baronin. Nur ist sie so gut wie leer. Fast alle Möbel wurden weggeräumt. An den Wänden hängen noch ein paar scheußliche Bilder. Sie sind alle rosa mit ein paar blauen und gelben Klecksen.

»Was soll das denn sein?«, frage ich leise.

Die Baronin betrachtet die Bilder eingehend. »Die sind von Ralf Krasinski«, sagt sie und schüttelt den Kopf. »Frag mich nicht, was diese Kleckse darstellen sollen.«

»Sieht aus wie Vogelschisse«, stelle ich fest. Kein Wunder, dass Frau Ks Neffe nichts mit seiner Kritzelei verdient. Offenbar kann er besser morden als malen.

Die Baronin runzelt die Brauen. »Die roten Punkte auf den Bilder könnten auch Blutflecke sein«, mutmaßt sie nicht ganz ernsthaft und durchmisst die Wohnung mit großen Schritten.

Was will sie hier bloß finden?

»Keine Kreidestriche, keine Sperrlinien, keine Spurensicherung!«, brummt die Baronin und macht ein enttäuschtes Gesicht.

»Wovon reden Sie?«

»Die haben die Umrisse der Leiche nicht mit weißen Strichen nachgezogen«, erklärt die Baronin. »Und wir können ohne Probleme das Schlafzimmer betreten, also den Tatort. An der Tür sind keine gelben polizeilichen Sperrlinien. Und das Schlimmste: Sie haben keine Fingerabdrücke genommen. Nirgendwo.«

Die Baronin fährt sich verzweifelt durch die Haare.

»Na ja, wahrscheinlich fehlen nur deshalb die Kreidestriche, weil Frau K in ihrem Bett gestorben ist«, gebe ich zu bedenken. »Fingerabdrücke wurden nicht genommen, weil sowieso jeder weiß, wer hier drin war: Ralf Krasinski. Und was die polizeiliche Sperrlinie betrifft: Die Polizei war gar nicht in der Wohnung, schon vergessen? Außer uns denkt nämlich niemand, dass es hier einen Mord gegeben hat.«

Die Baronin starrt mich mürrisch an.

»Spielverderber!«, knurrt sie dann und legt sich aufs Bett.

Total geschockt reiße ich die Augen auf. Wie kann sie sich bloß auf das Bett legen, in dem Frau K vor ein paar Tagen gestorben ist?

»Ist das etwa noch die gleiche Bettwäsche?«, frage ich und verziehe angewidert das Gesicht.

Aber die Baronin überhört einfach meine Frage. Sie dreht und windet sich im Bett und röchelt. Es klingt entsetzlich!

»Was machen Sie denn da?«, frage ich entsetzt. »Das ist ja furchtbarer als jeder Horrorfilm!«

»Ach was! Ich stelle mir nur vor, ich sterbe.«

»Sind Sie wahnsinnig?«

»Nein, Detektivin!«, antwortet sie ungerührt. »Um einen Fall lösen zu können, muss man sich nicht nur in den Täter hineinversetzen können, sondern auch in das Opfer!«

»Aha!«

Ich werfe nervöse Blicke in Richtung Tür. Was, wenn uns hier jemand erwischt? Landen wir dann im Gefängnis oder im Irrenhaus?

Die Baronin hängt inzwischen mit dem Oberkörper unter dem Bett.

»Suchen Sie was?«, frage ich.

»Allerdings. Stell dir vor, du liegst mitten in der Nacht im Sterben. Und mit deinem letzten Atemzug willst du deinen Mörder entlarven. Wie würdest du das wohl machen?«

»Ganz einfach: Ich drücke die Klingel, die über meinem Bett hängt, und rufe so die Nachtschwester.«

Ich zeige auf die elektronische Klingel, die an einer Schnur über dem Kopfkissen baumelt. Die Baronin beäugt sie misstrauisch.

»Hm, kein übler Vorschlag«, meint sie. »Aber wenn du nicht auf diese Idee kommst, was machst du dann?«

»Keine Ahnung.«

»Du schreibst den Namen deines Mörders mit deinem eigenen Blut an die Wand oder auf den Boden«, erklärt die Baronin düster. Wieder sucht sie unter dem Bett.

»Baronin?«, sage ich vorsichtig.

Sie richtet sich auf.

»Frau K hat doch gar nicht geblutet, oder? Ich will ja nicht schon wieder als Spielverderber dastehen, aber Tatsachen sind nun mal Tatsachen!«

»Aaaaaaaaahhhh!«

Ich fahre so schnell herum, dass ich fast das Gleichgewicht verliere und auf dem Hintern lande.

In der Schlafzimmertür steht Ralf Krasinski. Er glotzt mit vor Schreck geweiteten Augen die Baronin an. Warum haben wir nicht gehört, dass er die Wohnung betreten hat?

Es dauert einen Augenblick, bis er sich wieder gefangen hat. Inzwischen gehe ich im Kopf alle möglichen Ausreden durch.

Wir sind der Putztrupp oder *Wir haben uns in der Wohnung geirrt.* Aber das würde er uns bestimmt nicht abkaufen. Verdammter Mist, wir haben hier überhaupt nichts verloren! Und jetzt sind wir allein mit einem Typen, der vielleicht ein Mörder ist.

»Was suchen Sie hier?«, fährt er uns an.

Einen Beweis dafür, dass Sie Ihre Tante ermordet haben, denke ich. Aber wenn ich das laut ausspreche, bin ich wahrscheinlich der nächste Tote hier in der Wohnung.
»Wo – wo bin ich?«, ertönt auf einmal eine ganz schwache Stimme vom Bett her.
Überrascht drehe ich mich um. Die Baronin schaut mit einem komplett verwirrten Blick zu Herrn K hinüber.
Der antwortet barsch: »Sie sind in der Wohnung meiner Tante, Margret Krasinski.«
»Nein«, sagt die Baronin. »Nein, Sie irren sich, mein Herr. Ich bin Baronin von Stöver.«
Ralf Krasinski kratzt sich am Nacken und sieht argwöhnisch von der Baronin zu mir und wieder zurück.
»Das hat sie öfter«, erkläre ich, ohne dabei allerdings besonders überzeugend zu klingen. Ob die Schauspielerei der Baronin etwas besser bei ihm ankommt?
»Das – das ist das Alter, wissen Sie?«, fahre ich fort. »Meine Oma ist 104. Sehen Sie nicht die tausend Falten in ihrem Gesicht?«
Vom Bett her kommt ein zorniges Grunzen, das ich jedoch nicht beachte.

»Manchmal weiß sie einfach nicht mehr so genau, wer und wo sie ist. Ich wollte sie in ihre Wohnung bringen, aber sie wollte unbedingt hierher.«

»War denn die Tür nicht abgesperrt?«, wundert sich Herr K.

Ich schüttle den Kopf.

»Nicht in meine Wohnung!«, ruft die Baronin mit zittriger Stimme. »Nicht in meine Wohnung. Da lauert der Mörder.«

Ich erstarre. Muss sie gerade jetzt was von Mördern erzählen?

»Ich glaube, der Tod Ihrer Tante hat sie sehr aufgeregt«, sage ich schnell. »Wir waren auf der Beerdigung gestern. Herzliches Beileid übrigens.«

Herr K ist nicht sehr beeindruckt.

»Bring deine Oma jetzt hier raus«, fordert er mich auf.

»Okay.«

Er geht auf ein Bild zu und nimmt es von der Wand. Dabei hebt er beide Arme. Ich erkenne eine größere Ausbuchtung in seiner Jackentasche. O nein – er hat eine Waffe!

Mit hektischen Bewegungen helfe ich der Baronin vom Bett auf.

»Wir müssen jetzt abhauen«, sage ich zu ihr.

»Ins Jenseits?«, fragt sie lallend.
»Kann schon sein«, zische ich leise und deute mit den Augen zu Herrn K rüber.
Der kümmert sich nicht mehr um uns, weil er ein Bild nach dem anderen von der Wand nimmt.
Endlich erhebt sich die Baronin vom Bett. Ich will sie in Richtung Tür schieben, aber sie reißt sich von mir los und steuert zielstrebig auf unseren Verdächtigen A zu. Voller Panik muss ich mit ansehen, wie sie ihn umarmt.
»Mein Sohn! Mein Sohn!«, ruft sie immer wieder. »Ich wusste ganz genau, du kehrst eines Tages aus Afrika zurück. Ist denn auch wirklich alles in Ordnung mit dir? Bist du nicht vom Affen gebissen worden?«
Herr K stößt sie unsanft zurück und brüllt: »Jetzt reicht's aber! Raus hier!«
Die Baronin fängt an zu weinen. Sie ist wirklich eine glänzende Schauspielerin! Ich nehme sie am Arm. Gemeinsam schlurfen wir aus dem Schlafzimmer. Nur noch wenige Meter, dann sind wir in Sicherheit. Doch als ich nach der Klinke der Wohnungstür greife, stößt mich die Baronin plötzlich zurück und ruft: »Hilf deinem Papa mit den Bildern! Alleine schafft er das nicht. Denk an sein

Kreuz!« Unmerklich zwinkert sie mir zu und verschwindet.
Ist die alte Dame nun vollständig übergeschnappt? Lässt mich hier mit einem Mörder allein, der eine Waffe in der Tasche hat! Nein, mit dieser unmöglichen Person rede ich nie mehr ein Wort! Aber vielleicht rede ich bald sowieso nie mehr mit irgendwem, weil Herr K mich nämlich gleich umlegen wird.
»Du kannst mir wirklich helfen!«, tönt seine Stimme von nebenan.
»Wo-wobei?«
Er kommt aus dem Schlafzimmer und langt in seine Jackentasche. Ich halte die Luft an. Mein Herz klopft mir bis zum Hals – allerdings bestimmt nicht mehr allzu lange. Denn nun ist es sicher so weit: Jetzt knallt er mich ab! In ein paar Stunden hat die gnädige Frau Baronin von Stöver endlich alles, was sie will: Sperrlinien, Kreidestriche und Fingerabdrücke. Und sogar Blut – meines!
Doch was passiert? Herr K holt nur eine Zange hervor und fängt an, die Nägel aus der Wand zu ziehen. Vor Erleichterung lache ich laut auf.
»Was soll dieses dämliche Gekicher?«, fährt mich Herr K an. »Die Krankheit deiner Oma ist doch

wohl nicht ansteckend. Oder bist du ebenfalls plemplem?«

Ja!, würde Murat jetzt sicher ganz laut brüllen.

»Nein. Es ist nur wegen – wegen diesem Bild hier«, schwindle ich. »Das hat mich an etwas Lustiges erinnert.«

»Wirklich? Woran denn?«

»An – äh – an einen Schulausflug.«

»So ein Unsinn!« Mit entrückter Miene vertieft sich Herr K in das Bild, das ich meine. »Damit wollte ich das unendliche Ei darstellen, also das Universum, aus dem alles Leben geschlüpft ist.«

Hä?

»Genau deshalb erinnert mich das Bild auch an unseren Ausflug«, erwidere ich leicht verunsichert. »Dabei haben wir nämlich eine Hühnerfarm besichtigt.«

Der Maler grummelt irgendwas Unverständliches und steckt die Zange wieder ein. Dann drückt er mir zwei Bilder in die Hand, nimmt die restlichen drei und sagt: »Los, gehen wir!«

Auf dem Weg durchs Haus redet keiner von uns ein Wort. Erst draußen, als wir bei seinem Auto ankommen, sage ich grinsend: »Ein schöner Jaguar!«

»Unsinn! Das ist ein Labrador«, erwidert Herr K, während er die Fahrertür öffnet.
Da entdecke ich den kleinen schwarzen Hund, der auf dem Beifahrersitz schläft.
»Auch schön«, sage ich. »Neu?«
»Der Hund?«, fragt er und sieht mich komisch an.
»Das Auto!«
»Ja.«
Schweigend verstaut er die Bilder im Wagen.
Als er damit fertig ist, sage ich: »Sie müssen ein sehr berühmter Künstler sein. Dieser Wagen ist doch bestimmt nicht billig.«
»Geht so«, behauptet er. »Ist noch nicht abbezahlt. Danke fürs Tragen, Kleiner. Tschüs!«
Er steigt ein, wirft die Tür zu und fährt los.
Erleichtert drehe ich mich um und marschiere zurück ins Heim. Unfassbar: Ich bin noch nicht tot! Und das, obwohl ich ganz allein mit einem bewaffneten Mörder in einer Wohnung war. Er hat mich weder erschossen noch vergiftet oder erstochen. Er hat mir nicht mal den Kragen umgedreht. Aber an den geht's der Baronin jetzt gleich. Mich einfach meinem Schicksal zu überlassen! Mit der hab ich noch ein Hühnchen zu rupfen – unendliches Ei hin oder her!

Kapitel 5

»Ich verstehe dich nicht, Benedikt!« Meine Mutter greift nach ihrer Kaffeetasse und trinkt einen Schluck. »Kannst du nicht wie andere Jungs sein? Macht es dir keinen Spaß, Mädchen zu ärgern? Oder dich zu prügeln? Aber nein, mein Sohnemann verbringt seine Freizeit lieber im Altersheim!«

»Na und?«

»Und seine beste Freundin ist eine verrückte Siebzigjährige, die zu viele Krimis gelesen hat.«

Ich schnappe mir den Honig und verteile ihn großzügig auf meinen Cornflakes.

»Die Baronin ist nicht verrückt!«, widerspreche ich energisch. »Sie hat nur jede Menge Fantasie.«

»Fantasie?« Mutter zeigt mir einen Vogel. »Das nennt man anders, wenn alte Menschen nicht mehr ganz richtig im Kopf ticken.«

»Die Baronin ist nicht alt«, erkläre ich. »Und sie

tickt richtig, kapiert? Meistens jedenfalls«, füge ich hinzu und schiebe mir einen Löffel Cornflakes in den Mund.

Ich hätte nichts dagegen, wenn Mutter das Thema wechseln würde. Aber leider tut sie mir den Gefallen nicht.

»Mit welchem Fall beschäftigt ihr euch denn gerade?«, erkundigt sie sich.

»Mord.«

Ich schiebe mir schnell einen weiteren Löffel Cornflakes zwischen die Zähne.

»Aha.« Auf Mutters Gesicht erscheint ein ironisches Lächeln. »Wer ist denn ermordet worden? Eine Mücke? Falls ja, dann fällt es deiner Baronin bestimmt nicht schwer, aus dieser Mücke einen Elefanten zu machen.«

»Wenn du es genau wissen willst, Mutti: Es geht um Miss K.«

»Also ein Kanarienvogel«, stellt meine Mutter nüchtern fest. »Oder wofür steht das K?«

Ehe ich darauf antworten kann, kommt mein Vater in die Küche.

»Guten Morgen, Leute!«

»Möchtest du ein Mohnbrötchen?«, fragt Mutter. »Oder lieber ein Croissant?«

»Nur einen Kaffee bitte! Ich hab um acht eine Fahrt vom Bahnhof aus.«

»Dann kannst du mich ja zur Schule mitnehmen, Vati!«

Ich liebe es, von meinem Vater herumgefahren zu werden. Dann setze ich mich immer hinten ins Taxi wie ein Fahrgast. Und dann tun wir so, als wäre ich Millionär und mein Papa mein Chauffeur.

»Geht nicht«, erklärt er und setzt sich. »Ich muss den Umweg fahren, sonst komm ich in den Stau.«

»Na toll!«

Leider ist es schon Ewigkeiten her, seit mich mein Vater zuletzt im Taxi mitgenommen hat. Möglich, dass ich damals noch im Kindergarten war.

Er breitet die Morgenpost vor seinem Gesicht aus. Typisch: Für ein Brötchen hat mein Vater keine Zeit, aber ohne Blick in die Zeitung würde er niemals unsere Wohnung verlassen. Ich nehme Zeitungen nur in die Hand, wenn ich was aus ihnen basteln will. Und wenn uns das Klopapier ausgegangen ist.

»Du, stell dir vor: Benedikt und seine Baronin jagen einen Kanarienvogelmörder«, erzählt Mama.

Hinter der Zeitung ist ein Grunzen zu hören.

»Wie kommst du denn auf diesen Quatsch?«, frage ich Mutter. »Frau K ist kein Vogel.«
»Was ist sie denn sonst?«
»Tot«, antworte ich und bin enttäuscht, dass Mutter nicht vor Schreck ihr Knäckebrot fallen lässt oder sich an ihrem letzten Bissen verschluckt. Stattdessen schenkt sie mir nur ein mitleidiges Lächeln und macht: »Hmhm!«
»Sie ist – äh – sie war eine alte Dame«, berichte ich weiter. »Ihr Neffe hat sie vielleicht ermordet, um an ihr Geld zu kommen. Er ist nämlich ein ziemlich erfolgloser Maler.«
»Unglaublich!«, ruft mein Vater empört aus.
»Vielleicht war er's ja auch gar nicht«, beschwichtige ich ihn. »Gestern habe ich nämlich erfahren, dass er sein Auto noch gar nicht abbezahlt hat. Die Baronin und ich glauben, so ein Jaguar kostet –«
»Nur 150 000 Euro!«, ruft mein Vater aus. »150 000!«
»Ja, vermutlich«, antworte ich. »Vielleicht war er aber auch teurer. Schließlich ist es ein Jaguar. Ein entfernter Verwandter der Baronin, irgendein Graf oder Herzog, hat auch einen. Sie hat extra bei ihm angerufen, um ihn zu fragen, wie viel er –«
»Was faselst du denn da?«, unterbricht mich mein

Vater mit einem verständnislosen Blick und lässt die Zeitung sinken.
Mit leuchtenden Augen wendet er sich dann an meine Mutter. »Hier, hör dir das an: Eine riesige Orangenplantage in Andalusien – für 150 000 Euro! Kannst du dir das vorstellen? Und alles ist schon für biologischen Anbau vorbereitet. Na, wäre das nicht haargenau das Richtige für uns?«
Mutter nickt, allerdings mehr bedächtig als begeistert. »Vielleicht können wir die Summe ja in kleinen Raten abstottern«, meint sie seufzend. »So etwa 120 Jahre lang. Vorausgesetzt, du kannst mit 158 noch Taxi fahren.«
Vater macht ein mürrisches Gesicht und trinkt einen Schluck Kaffee. Ich frage mich mal wieder, ob sich der große Traum meiner Eltern wohl jemals erfüllen wird. Nein, vermutlich nicht. Es ist sogar wahrscheinlicher, dass sich mein Vater eines Tages selbst in eine Orange verwandelt, als dass er eine eigene Plantage besitzt.
Dass er mir eben nicht zuhörte, als ich von Frau K erzählt habe, nehme ich meinem Vater nicht weiter übel. Schließlich muss er sich den ganzen Tag lang die Lebensgeschichten seiner Fahrgäste anhören. Die meisten davon sind stinklangweilig.

»So, ich muss los!«, verkünde ich nach einem Blick auf die Uhr und stehe auf.
»Tschüs, mein Junge!«, rufen Vater und Mutter im Chor.
»Tschüs, Eltern!«
Ich nicke ihnen zu und verschwinde aus der Küche.
»Sei vorsichtig, wenn du über die Straße gehst!«, ermahnt mich meine Mutter wieder mal, als ich schon in meine Turnschuhe gestiegen bin.
»Meine Güte!«, brülle ich durch die ganze Wohnung. »Ich bin keiner deiner Kindergartenidioten, Mutti!«
Eigentlich komme ich mit meiner Mutter prima klar. Doch ab und zu vergisst sie leider eine Kleinigkeit: die letzten sieben Jahre meines Lebens. Dann behandelt sie mich wieder wie die dreijährigen Knirpse in ihrer Kindergartengruppe.
Ein paar Minuten später stehe ich an der Kreuzung, an der ich mich immer mit Murat treffe. Ich muss ihm unbedingt erzählen, was wir gestern herausgefunden haben.
Die Baronin hält Ralf Krasinski noch immer für den Mörder. Sie meint, dass auch die Anzahlung für einen Jaguar verdammt hoch ist. Viel interessanter fand sie allerdings, dass er einen Hund da-

beihatte. Soweit sie weiß, hasst dieser Kerl nämlich Hunde. Okay, zugegeben: So sehr mag ich diese Viecher eigentlich auch nicht. Vielleicht sind sie ja ganz nett, aber sie haben drei Hobbys, die mir nicht gefallen: Sabbern, Stinken und Haaren.

Angeblich hat die Baronin schon gerochen, dass Ralf K jetzt einen Hund hat. Als sie ihn umarmt hat, soll er danach gestunken haben, behauptet sie. Dabei habe sie ihn übrigens abtasten wollen.

Sie meint, sie hätte mich nur mit ihm allein gelassen, weil sie wusste, dass er unbewaffnet war. Jedenfalls sei ihr beim Abtasten keine Waffe aufgefallen. Und was war mit der Zange? Auch damit kann man jemandem das Licht abdrehen.

Ich sehe auf meine Uhr. Jetzt ist Murat schon seit zehn Minuten überfällig. Zum Glück regnet es heute zur Abwechslung mal nicht. Der Himmel ist zwar bedeckt, aber bis jetzt ist noch kein einziger Tropfen gefallen.

Allmählich muss ich los, sonst komme ich entweder zu spät zur Schule oder ersticke hier an der Kreuzung. Mein Vater hatte Recht: Die Autos stehen hier Schnauze an Heck. Das Einzige, was sich bewegt, sind die Hände der Fahrer, wenn sie auf die Hupen drücken.

»Wartest du auf Murat?«

Ich zucke zusammen. Niemand anders als Bianca ist soeben neben mir aufgetaucht. Hilfe, mein Herz! Von einer Sekunde zur anderen verwandelt es sich in einen Ferrari und rast drauflos. Ich würde es gerne aufhalten, aber ich weiß nicht, wo die Bremse ist.

»Nein, ich warte nicht mehr auf Murat«, antworte ich, und das mit erstaunlich fester Stimme. »Ich hab lange genug wegen ihm hier rumgestanden. Ich wollte gerade losgehen.«

Wahnsinn: Ich habe drei Sätze hintereinander ohne das geringste Stottern rausgebracht!

»Gehen wir zusammen?«, schlägt Bianca vor. »Lydia ist heute krank. Eine schwere Grippe!«

Wie bitte? Lydia hat gestern ein einziges Mal leicht gehustet! Ihre Grippe kann höchstens so schwer sein wie eine Feder.

Auf einmal bin ich Murat richtig dankbar, dass er sich verspätet hat. Und ich bin heilfroh, dass Lydia so gern krankfeiert. Super: Ich gehe mit Bianca – na ja, wenigstens zur Schule!

Eine Weile trotten wir schweigend nebeneinanderher. Alle paar Meter werfe ich Bianca einen verstohlenen Seitenblick zu. Sie trägt einen schwarzen Anorak und hellblaue Jeans.

Schließlich nehme ich meinen ganzen Mut zusammen und frage: »Hast du schon was von deinem Hund gehört?«

Prompt verdüstert sich Biancas Gesicht. »Von Flipper? Nein, gar nichts.« Sie fährt sich durch die Haare. »Ich glaube nicht, dass ich ihn wiederfinde.«

»Wo ist er denn verschwunden?«

»Im *Planten un Blomen*.«

»Dachte ich mir schon«, sage ich mehr zu mir selbst als zu Bianca.

»Wieso?«, fragt sie überrascht.

»Ach, nur so«, wiegle ich schnell ab. »Hast du dort vielleicht jemanden gesehen, der dir verdächtig vorkam?«

»Was meinst du mit verdächtig?«

»Na ja, zum Beispiel einen Typen mit Glatze und Schnauzbart, dem zwei Vorderzähne fehlen«, sage ich.

Bianca überlegt und starrt mich misstrauisch an.

»Der hat mich nach der Uhrzeit gefragt«, sagt sie.

Volltreffer!

»Wie kommst du bloß darauf?«, bohrt sie nach.
»Ich hab mich ein bisschen im Internet umgesehen«, gebe ich zu. »In letzter Zeit sind im *Planten un Blomen* mehrere Hunde verschwunden. Und ein paar Mal war dieser Typ in der Nähe.«
»Hm.«
Beim Gehen starrt Bianca auf ihre Schuhspitzen und grübelt vor sich hin. Dabei zupft sie nervös an den Trägern ihrer Schultasche herum.
Plötzlich dreht sie mir den Kopf zu und schaut mir direkt in die Augen. »Hast du – hast du meinetwegen im Internet danach gesucht?«, fragt sie verlegen.
»N-n-nein«, würge ich knallrot hervor. »Nur wegen dem Hund. Ich m-m-mag Hunde.«
Bianca lächelt.
»Ich habe mich auch im Internet umgesehen«, gesteht sie. »Aber ich habe nichts Brauchbares gefunden. Allerdings gibt es eine Seite, auf der junge Hunde angeboten werden.«
»Willst du dir denn einen neuen anschaffen?«, erkundige ich mich.
Sie schüttelt den Kopf.
»Eigentlich nicht. Aber da war einer, der genau so aussah wie mein kleiner Flipper.«

»Und den willst du haben?«, frage ich.

»Blödsinn! Das ist so 'n richtiger Rassehund mit Stammbaum und allem Drum und Dran. So ein Von und Zu, verstehst du? Den kann ich mir nicht leisten.«

»Warum heißt dein Hund übrigens Flipper?«

»Weil ich eigentlich einen Delfin haben wollte.«

Ich fange an zu lachen.

In diesem Moment brüllt eine wohl bekannte Stimme hinter uns: »Hey, du treulose Tomate!«

Wir bleiben stehen und drehen uns um. Keuchend kommt Murat angelaufen.

»Na super!«, meckert er drauflos. »Da läuft dir zufällig irgendein Mädel über den Weg und schon ist dein bester Freund vergessen!« Er knufft mich in die Seite. »Weißt du, warum ich zu spät gekommen bin? Weil ich mir eben noch eine Standpauke von meinem Vater anhören durfte. Gestern auf dem Elternsprechtag haben die Lehrer jede Menge Mist über mich erzählt. Über euch sicher auch, oder?«

Bianca und ich sehen uns an und schütteln beide den Kopf.

»Dann eben nicht, ihr Streber!«, meint er. »Über mich gab's jedenfalls nur Beschwerden. Angeblich mache ich nie richtig im Unterricht mit, übe zu Hause nicht, schreibe die Hausaufgaben ab und lauter so 'n Zeug. Los, gehen wir weiter!«

Wir setzen den Weg zu dritt fort, mit Murat in der Mitte. Mist, warum ist er nicht auch krank?

»Hat einer von euch Mathe?«, fragt er. »Ich hab das mit den Brüchen überhaupt nicht kapiert.«

»Erklär ich dir in der Pause«, brumme ich mit geballten Fäusten.

Ich bin so sauer, dass ich Murat am liebsten auch einen Bruch verpassen würde – den seiner Nase! Weiß er denn nicht, was das Wichtigste an einem besten Freund ist? Nicht da zu sein, wenn man ihn nicht braucht!

Kapitel 6

Seltsam, dass mir Murat bei meiner Detektivarbeit helfen möchte. Früher hat er nur dumme Witze darüber gemacht. Oder ist das etwa seine Entschuldigung dafür, dass er heute Morgen auf dem Schulweg doch noch aufgekreuzt ist und Bianca und mich gestört hat? Ich war deswegen den ganzen Vormittag sauer auf ihn. Keine einzige Silbe hab ich mit ihm geredet! Das fiel mir allerdings nicht besonders schwer, weil ich ja auch sonst fast nie zu Wort komme, wenn Murat in der Nähe ist.
Ungeduldig gehe ich vor dem Eingang auf und ab. Klar, mein bester Freund verspätet sich mal wieder! Von der Erfindung der Uhr scheint Murat noch nichts mitgekriegt zu haben.
Ich schaue zum Himmel. Unglaublich: Weit und breit ist keine einzige Wolke zu sehen! So blau war es schon ewig nicht mehr über Hamburg. Hier

muss man sich schon freuen, wenn es mal nicht regnet.

»Entschuldigung«, spricht mich ein älterer Herr mit bayrischem Dialekt an. Er trägt eine gelbe Baseballmütze und deutet auf den Parkeingang. »Ist das hier – äh –« In der linken Hand hält er einen zerknitterten Stadtplan, auf den er einen kurzen Blick wirft. »Ist das hier *Planten un Blomen*?«

Ich nicke.

»Der Südeingang«, antworte ich und trete automatisch einen Schritt zurück. Der Hund des Mannes ist zwar noch recht klein, sieht aber trotzdem gefährlich aus. Man kann nie wissen ... Schließlich tragen Killerbestien kein T-Shirt mit der Aufschrift *Vorsicht: Ich bin ein Kampfhund!*.

»Danke für die Auskunft!«, sagt der Mann höflich und verbeugt sich leicht. »Auf Wiedersehen!«

Er verschwindet im Park. Sein kleiner Hund trottet an der Leine hinter ihm her.

Ich bin schon sehr gespannt, mit welchem Vierbeiner Murat gleich hier antanzen wird. Angeblich hat einer seiner tausend Cousins einen niedlichen, jungen Kläffer, der sich für unsere Zwecke bestens eignet. Und den will er sich für heute ausleihen.

Am Ende der Straße sehe ich jemanden mit einem riesigen schwarzen Hund näher kommen. Die Gestalt wird von dem Tier vorwärts geschleift und hängt hilflos an der Leine. Meine Güte, wer schafft sich denn so ein Monster an?

Der Typ mit dem Monster steuert direkt auf mich zu. Jetzt erkenne ich auch, wer das ist: Murat! Wo hat der Spinner denn dieses Pony her?

»Hilf mir, Benedikt!«, ächzt er. »Ich kann nicht mehr!«

Mit mächtigem Muffensausen lasse ich das Unvermeidliche über mich ergehen: Das Riesenvieh springt an mir hoch und beschnüffelt mich hektisch. Dabei bellt es mir die Ohren voll.

»Wo hast du den denn her?«, schreie ich, damit Murat mich versteht. »Aus dem Zoo?«

Mit letzten Kräften zieht er den Hund von mir weg. Sofort überprüfe ich, ob noch alles an mir dran ist. Kann ja sein, dass das Riesenvieh bei der stürmischen Begrüßung zufällig eine Hand von mir verputzt hat.

»Na, ist das nicht ein prächtiger Dobermann?« Ein stolzes Lächeln erscheint auf Murats Gesicht.

»Hast du nicht gesagt, er wäre unheimlich niedlich? Also ich finde ihn eher unheimlich.«

»Aber niedlich war er auch mal«, versichert mir Murat, während er sich mit einem Ärmel den Schweiß von der Stirn wischt. »Allerdings ist er ganz schön gewachsen, seit ich ihn zuletzt gesehen habe.«
»Ich mag Hunde nicht«, gestehe ich. »Und je größer sie sind, desto weniger mag ich sie.«
Murat winkt ab. »Ach, der ist völlig harmlos. Wenn wir nachher müde sind, kann er uns wenigstens nach Hause tragen.«
»Und zwar in seinem Magen!«, füge ich hinzu.
Da legt das Vieh auch schon los und stürmt in den Park.
»Nicht so schnell!«, schreit der arme Murat.
Er muss sich an einem Baum festhalten, um nicht weiter mitgeschleift zu werden. Mit großen Schritten eile ich ihm hinterher.
»Wirst du jetzt wohl gehorchen, Satan?«
»Satan?«, wiederhole ich, während meine Augenbrauen in die Höhe wandern.
Murat grinst verlegen und zuckt die Schultern.
»Okay, sein Name klingt wirklich Schrecken erregend, doch eigentlich ist er sehr gehorsam. Aber natürlich auch ziemlich verspielt. Man darf sich nur nicht über ihn aufregen, dann kann man sehr

gut – verdammte Bestie!«, schreit Murat auf einmal voller Wut. »Bei Fuß, du blödes Vieh! Willst du mir etwa die Arme ausreißen?«

Satan hat Murat schon wieder weitergeschleift. Ich muss laufen, um mit den beiden Schritt halten zu können. Bei dem Tempo werden wir unseren Verdächtigen sicher nicht finden.

Mein Freund brüllt sich die Seele aus dem Leib, doch Satan lässt sich dadurch kein bisschen bremsen. Da stemmt Murat plötzlich beide Beine fest in den Boden und wickelt blitzschnell Satans Leine um eine Parkbank. Nachdem er tief durchgeatmet hat, lässt er sich auf die Bank plumpsen. Ich setze mich neben ihn. Satan zieht noch ein Weilchen an der Leine, bis er einsieht, dass er die Bank nicht aus dem Boden reißen kann. Erschöpft lässt er sich vor unseren Füßen nieder.

»Hast du den Sender mit?«, fragt Murat.

»Hä? Was denn für einen Sender?«

»Ich dachte, das wäre der Plan«, meint Murat erstaunt und verscheucht eine Fliege von seinem rechten Knie. »Wir binden dem Hund einen Sender um und lassen ihn klauen. Dann folgen wir dem Signal und wissen, wo der Räuber ist.«

»Und wo bitte soll ich einen Sender herkriegen? Du hast zu viele James-Bond-Filme gesehen!«
Murat ist enttäuscht. »Was ist denn dann dein Plan, du Meisterdetektiv?«
»Wir suchen den Mann ohne Zähne und Haare, den uns das Mädchen am Telefon beschrieben hat«, erkläre ich.
»Und wenn er heute nicht hier ist?«
»Dann haben wir Pech gehabt.«
Ich werfe einen Blick auf Satan, der an seiner Leine zerrt.
»Den wird uns auf keinen Fall jemand klauen wollen«, stelle ich nüchtern fest.
Dann fällt mir der Mann mit der gelben Baseballkappe und dem kleinen Hund wieder ein.
»Ich habe aber vorhin jemanden gesehen, der einen Hund in der richtigen Größe hat«, sage ich. »Vielleicht sollten wir uns den beiden an die Fersen heften. Was hältst du davon?«
»Ich muss erst mal ein Wörtchen mit Satan reden.« Murat wendet sich an den Dobermann. »Jetzt hör mir mal gut zu, mein Freund: Wenn du weiter so an der Leine ziehst, kannst du zum Abendessen an deinen Pfoten rumknabbern, kapiert?«
»Glaubst du, er hat dich verstanden?«

»Na klar! Er ist doch nicht schwerhörig. Pass mal auf!«

Vorsichtig wickelt Murat die Leine los. Und siehe da: Satan hat sich tatsächlich in ein frommes Lamm verwandelt. Brav trottet er neben uns die Wege entlang.

Kurz darauf erspähen wir den Mann mit der Mütze. Sein Hund macht gerade Bekanntschaft mit einem Pekinesen.

»Weit und breit kein Räuber in Sicht«, sagt Murat, nachdem wir uns umgeschaut haben.

Der Mann schlendert weiter. Unauffällig folgen wir ihm – soweit man mit einem pferdegroßen Hund unauffällig sein kann.

In der nächsten halben Stunde passiert nichts Aufregendes. Murat, Satan und ich langweilen uns um die Wette. Krenz und quer werden wir von dem Mann mit der gelben Mütze durch den Park geführt. Wenn das noch bis heute Abend so weitergeht, kennen wir hier bald jeden Strauch und jeden Vogel.

Schließlich wird es meinem Freund zu blöd.

»Jetzt reicht's aber!«, brummt er müde. »Dein Hundeentführer ist nicht da.«

»Sondern hier!«, sage ich.

»Hä?«

Ich zeige auf eine mächtige Eiche in etwa zwanzig Metern Entfernung. Am Baumstamm lehnt ein Typ mit Glatze, den ich vor drei Sekunden entdeckt habe. Die Haare, die ihm auf dem Kopf fehlen, hat er im Gesicht: einen riesigen, schwarzen Schnauzbart.

»Worauf wartest du?«, zischt Murat aufgeregt. »Ruf die Polizei!«

Ich schüttle den Kopf.

»Was soll ich denen denn sagen?«, entgegne ich. »Dass er aussieht wie ein Verbrecher? Außerdem wissen wir ja gar nicht hundertprozentig, ob das überhaupt der Richtige ist. Vielleicht hat er Vorderzähne.«

»Wie sollen wir das rausfinden?«, fragte Murat.

»Ganz einfach: Wir bringen ihn zum Lachen!«

Murat ist sofort Feuer und Flamme. »Das übernehme ich!«, verkündet er entschlossen.

Nachdem er mir Satans Leine in die Hand gedrückt hat, marschiert er ohne zu zögern auf den Glatzkopf zu und quatscht auf ihn ein. Vermutlich bombardiert er ihn mit seinen Lieblingswitzen. Mich würde er damit nur zum Gähnen bringen, so oft hat er sie mir schon erzählt.

Neugierig nähere ich mich den beiden, um Murat besser verstehen zu können.
»›Na, dann rutsch mal ein Stück!‹, sagt die Nonne«, erzählt Murat gerade und fängt dann an zu wiehern.
Der Glatzkopf verzieht keine Miene. Genervt schaut er zum Himmel hinauf, wo zwei kleine Wölkchen Nachlaufen spielen.
Doch so leicht gibt sich Murat nicht geschlagen. Er legt mit dem nächsten Witz los.
»Kennen Sie den mit der alten Frau und dem Kater? Also: Eine alte Frau sitzt in ihrem Wohnzimmer und poliert eine Lampe. Da reißt ihr kleiner Enkel die Tür auf und –«
»Lass mich in Ruhe, du Dummschwätzer!«, knurrt der Mann.
»Wie bitte?«
»Du sollst abhauen! Wenn ich einen Komiker sehen will, mache ich den Fernseher an.«
Murat wirft mir einen verzweifelten Blick zu. Dann dreht er sich um und stiefelt enttäuscht in meine Richtung. Im nächsten Moment stolpert er plötzlich über einen Ast. Er rutscht aus und landet höchst unsanft auf dem Hintern.
Der Mann mit dem Bart bricht in dröhnendes Ge-

lächter aus. Mit finsterer Miene erhebt sich mein Freund und kommt zu mir.

»Der Kerl hat keinen Sinn für Humor!«, schimpft Murat.

»Aber dafür umso mehr Zähne. Schade, das war der Falsche!«

»Na super! Und dafür hätte ich mir fast den Hintern gebrochen! Hoffentlich hat mich der Mann dahinten nicht fotografiert.«

»Welcher Mann?«

Ich schaue in die Richtung, in die Murat starrt – und erstarre selbst!

Auf einer Bank mitten in der Wiese sitzt niemand anderer als Ralf Krasinski! Er hat einen Fotoapparat in der Hand und knipst damit gerade einen Zwergpinscher. Was soll das?

In Windeseile erkläre ich Murat, wer das ist.

»Warum macht der hier Fotos?«, wundert er sich.

»Vielleicht will er einen Hund malen und braucht dafür 'ne Vorlage.«

»Sollen wir ihn verfolgen?«

Ich überlege kurz. »Nein«, entscheide ich und drücke Murat wieder die Leine in die Hand. »Das ist ein anderer Fall. Die Baronin wird böse sein, wenn ich etwas ohne sie unternehme.«

»Na schön, dann hauen wir jetzt ab!«, sagt Murat. »Ich muss Satan zurückbringen.«
Er beugt sich zu dem Dobermann hinunter. »Hast du gehört? Du musst jetzt nach Hauuuuuuu-uuuuu–«
Das Ende des Wortes höre ich nicht mehr, weil Satan meinen Freund schon zwanzig Meter weiter geschleift hat. Anscheinend hat er keine Lust auf den Heimweg. Hoffentlich können wir ihn noch dazu überreden. Wenn nicht, dann verbringen Murat und ich den Rest unseres Lebens hier im Park …

Kapitel 7

Am Tag darauf treffe ich mich wieder mit der Baronin. Allerdings nicht im Altersheim. Wir haben vor, Herrn Ks Haus zu beobachten. Als ich ihr vorhin am Telefon berichtete, wobei ich ihn gestern im Park beobachtet habe, wurde sie sehr nachdenklich.

»Warum fotografiert er fremde Hunde?«, meinte sie. »Er hat doch selbst einen. Du hast doch diesen kleinen Kläffer in Herrn Ks Jaguar gesehen, oder?«

Stimmt, das hatte ich völlig vergessen. Wahrscheinlich deshalb, weil der Mordfall überhaupt nichts mit dem Hundefall zu tun hat.

Meine Güte, diese Viecher gehen mir inzwischen ganz schön auf die Nerven! Warum klauen die Leute keine Meerschweinchen? Oder Goldfische? Die sind viel handlicher und kein bisschen nervig.

Satan hat Murat und mich gestern beinahe in den Wahnsinn getrieben. Fast drei Stunden lang wurden wir von diesem Kraftpaket kreuz und quer durch den Park gezerrt. Murat und ich wechselten uns mit der Leine ab. Ein Wunder, dass uns dieses Monster nicht die Arme ausgerissen hat! So einen Muskelkater wie heute hatte ich nicht mal nach dem letzten Sportfest.
Ich sitze in der S-Bahn und denke an Bianca. Ob sie die Hoffnung schon aufgegeben hat, ihren Flipper jemals wiederzusehen? Heute Vormittag in den großen Pausen schlurfte sie total geknickt über den Schulhof. Wenn ich nicht so verdammt schüchtern wäre, hätte ich versucht sie ein wenig aufzumuntern. Womit? Keine Ahnung. Wahrscheinlich hätte ich sowieso kein Wort rausgekriegt. Oder ihr irgendetwas vorgestottert. Ob sie das komisch gefunden hätte?
Herr K wohnt ziemlich weit draußen. Seit einer halben Stunde sitze ich nun schon in der Bahn. In diese Gegend habe ich mich noch nie verirrt. Gehört das überhaupt noch zu Hamburg? Hier gibt es erstaunlich viel Grün und überraschend wenig Häuser. In unserem Stadtviertel ist es genau umgekehrt.

Die Baronin wartet wie verabredet an der S-Bahnhaltestelle auf mich. Sie trägt eine komische schwarze Kappe, die ihr überhaupt nicht steht. Darunter quellen seltsamerweise lange, rote Haare hervor.

»Ich hab alles Nötige mitgebracht«, erklärt sie lächelnd, nachdem wir uns die Hände geschüttelt haben. »Los, gehen wir! Heute überführen wir den Killer!«

O Mann, klingt das gefährlich! Da würde ich ja lieber 'ne Runde mit Satan schmusen.

Ein paar Meter weiter nimmt die Baronin ihren Rucksack ab und schnürt ihn auf. Mit geheimnisvoller Miene kramt sie darin herum. Eine Brille kommt zum Vorschein.

»Was wollen Sie denn damit?«, wundere ich mich. »Sind Ihre Augen über Nacht schlechter geworden? Sie brauchen doch gar keine Brille!«

»Heute schon«, erwidert sie und setzt sich das rote Ungetüm auf die Nase. »Tarnung«, erklärt sie augenzwinkernd.

Dann holt sie wieder irgendwas aus dem Rucksack, das ich nicht genau erkennen kann. Ihre Hände nähern sich meinem Gesicht. Prompt weiche ich zurück.

»Darf ich mal fragen, was Sie da in den Fingern haben?«, erkundige ich mich misstrauisch.

»Einen Bart.«

»Hey, ich bin erst zehn!«, rufe ich aus. »Ich habe noch gar keinen Bartwuchs! Und ich hoffe, ich werde noch einige Jahre damit verschont.«

»Wieso? Ein kleines Bärtchen kann richtig toll aussehen. Hier, schau mal!« Sie klebt sich den schwarzen Schnauzer unter die Nase. »Na, wie gefalle ich dir?«

»O Mann!«

»Nix Mann!«, widerspricht die Baronin kichernd. »Das ist ein Damenbart.«

Ich verdrehe die Augen. »Sie sehen ja aus, als wollten Sie auf einen Maskenball! Ist das nicht viel zu auffällig?«

Die Baronin schüttelt den Kopf. »Auf keinen Fall! Wir sind nämlich so gut wie unsichtbar!«

Sie holt eine riesige Zeitung aus dem Rucksack. Das heißt, eigentlich sind es nur die Ränder einer Zeitung. In der Mitte prangt ein riesiges Loch, durch das sogar ein Elefantenschädel durchpassen würde.

»Und damit uns nichts entgeht, hab ich noch was mitgebracht«, verkündet sie und greift wieder in ihren Rucksack. »Hier!«

Sie drückt mir ein großes Fernglas in die Hand. Ich stoße einen tiefen Seufzer aus. Warum beschleicht mich das sichere Gefühl, dass die ganze Aktion schief gehen wird?

Fünf Minuten später haben wir uns im Gebüsch auf die Lauer gelegt. Leider ist es nicht dicht genug, um uns vor neugierigen Blicken verbergen zu können. Auf der anderen Straßenseite befindet sich das Haus unseres Verdächtigen A. Es ist das mit Abstand schäbigste Gebäude im ganzen Stadtviertel.

Zwei ältere Männer kommen vorbei und schauen reichlich verdattert in unsere Richtung. Was die beiden wohl von uns denken? Da hockt eine Siebzigjährige mit langen roten Haaren und Schnurrbart, die durch ein Loch in der Zeitung ein Fernglas gesteckt hat. Daneben kniet ein etwa zehnjähriger Junge, der krampfhaft versucht, nicht allzu dämlich aus der Wäsche zu gucken.

»Füttern verboten!«, ruft die Baronin den Männern zu, die daraufhin sofort ihre Schritte beschleunigen.

Kaum sind sie verschwunden, beginnt das Handy der Baronin zu klingeln. Genervt schnauzt sie ihren Namen hinein.

»Wie bitte?« Ungeduldig lauscht sie einer tiefen Stimme, die ich nur undeutlich verstehen kann. »Ich soll mit Ihnen ausgehen? Heute Abend? Nein danke, ich hab was Wichtigeres vor: Lesen. Auf Wiederhören!«

Sie steckt das Handy wieder ein.

»Wer war das denn?«, frage ich.

Ich traue meinen Augen kaum: Die Baronin wird fast so rot wie ihr Brillengestell.

»Dieser komische Herr Hoffmann«, antwortet sie und zupft dabei nervös an ihrem Schnauzer herum. »Nachdem er bei Frau Krasinski abgeblitzt ist, macht er sich jetzt an mich ran. Alter Lustmolch!«

Damit hat sie gar nicht so Unrecht. Herr Hoffmann ähnelt tatsächlich einem Molch, vor allem seine Augen.

Plötzlich boxt mich die Baronin so fest in die Seite, dass ich aufschreie.

»Pssst!«, zischt sie. »Da ist er!«

Ralf Krasinskis schwarzer Jaguar hält vor dem Haus gegenüber. Ich schiebe ein paar Zweige zur Seite, um besser sehen zu können. Frau Ks Neffe steigt aus und geht um den Wagen herum zum Kofferraum. Er öffnet ihn und holt einen riesigen, schwarzen Sack heraus.

»Um Gottes willen!«, murmelt die Baronin fassungslos. »Eine Leiche!«
»Ein Sack«, berichtige ich sie. »Da könnte alles Mögliche drin sein.«
»Zum Beispiel noch eine tote Tante.«
»Oder vielleicht nur seine Wäsche.«
»Red keinen Unsinn!«, ereifert sich die Baronin. »Da ist eine Leiche drin, basta! Wenn wir diesem Mörder nicht schleunigst das Handwerk legen, werden noch mehr Opfer in solchen Säcken enden.«
Mit großer Anstrengung wirft sich Herr K den Sack über die Schulter, geht zur Haustür und schließt sie auf.
»Den sollte er schnellstens vergraben, der Junge!«, flüstert die Baronin. »Leichen stinken fürchterlich. Sogar noch schlimmer als das grauenhafte Rasierwasser von Herrn Hoffmann«, fügt sie mit angewiderter Miene hinzu. »Weißt du, wie eine Leiche riecht?«
»Nein. Und das will ich auch gar nicht wissen! Mir ist schon schlecht genug«, gestehe ich, worauf mich die Baronin kurz mustert und dann feststellt: »Du siehst selbst aus wie eine Leiche, so blass bist du.«

Kein Wunder!
Kann denn allen Ernstes eine Leiche in dem Sack gewesen sein? Ist Herr K wirklich ein Mörder? Irgendwie erscheint mir das alles undenkbar!
»Hören Sie, Baronin, vermutlich sind wir auf einer ganz falschen Spur und –«
»Das werden wir ja sehen!«, würgt sie meinen Einwand ab und klettert aus dem Gebüsch. »Für Gerede ist jetzt keine Zeit, Benedikt! Jetzt wird gehandelt!«
»Wo wollen Sie denn hin?«, rufe ich ihr mit zitternder Stimme hinterher. »Bleiben Sie hier! Er kommt doch bestimmt gleich wieder aus dem Haus.«
»Genau darum müssen wir uns beeilen!«, ruft sie zurück und überquert die Straße. »Nun komm schon!«
Während ich sie in Gedanken verfluche, folge ich ihr zum Wagen. Sie hat sich schon vor den Kofferraum gekniet und öffnet gerade ihr Feilenetui. Zwei Sekunden später hat sie das Schloss geknackt. Mit panischen Blicken behalte ich in der Zwischenzeit das Haus im Auge. Als die Baronin den Kofferraum öffnet, rutscht mir das Herz in die Hose. Dort unten pocht es rasend schnell weiter.

»Ein kleiner, grüner Koffer!« Die Baronin beugt sich so weit vor, dass sie fast im Auto verschwindet. »Da ist bestimmt das Gift drin, mit dem er seine Tante ermordet hat!«

»Glauben Sie?«

»Mist, mein Handy!«, ärgert sie sich plötzlich. »Das blöde Ding ist mir aus der Tasche gefallen. Siehst du es, Benedikt? Mit dieser verdammten Brille kann ich kaum was erkennen.«

Ich spähe in den Kofferraum. Das Handy ist so weit nach hinten gerutscht, dass ich fast in den Kofferraum klettern muss, um es zu erreichen. Im nächsten Augenblick flüstert die Baronin aufgeregt: »O nein – er kommt!«

Dann spüre ich nur noch, wie meine Beine hochgehoben werden und ich in den Kofferraum gleite. Ehe ich begreife, was da mit mir geschieht, hat die Baronin den Kofferraumdeckel zugeschlagen.

Ach du Schande!

Vor Entsetzen mache ich mir fast in die Hose. Ist das finster hier drin! Und so stickig! Genau so habe ich mir immer das Innere eines Sarges vorgestellt.

O mein Gott, ich bin lebendig begraben! Und bald

werde ich wohl auch tot begraben sein. Wenn mich Herr K in seinem Kofferraum entdeckt, bin ich erledigt. Er braucht mich nicht mal zu erschießen – ich tue ihm den Gefallen und sterbe schon vorher vor Angst!

Kapitel 8

Der Motor wird angelassen und der Wagen rollt rückwärts die Auffahrt hinunter.
Tja, das ist wohl meine letzte Fahrt. Lebt wohl, Mama und Papa! Lebt wohl, Murat, Baronin, Bianca ...
Ob Bianca auf meiner Beerdigung ein paar Tränen um mich vergießen wird? Und was wird wohl auf meinem Grabstein stehen? *Hier liegt ein tapferer Detektiv. Er starb in Ausübung seiner Pflicht.*
Nein, wohl eher: *Hier liegt ein zehnjähriger Trottel, der sich in einen Kofferraum schubsen ließ.*
Das Auto fährt jetzt vorwärts und dann nach rechts. Ich rolle im Kofferraum herum und stoße mir dabei den Kopf. Verkehrslärm ist zu hören: Hupen, dröhnende Lkws, knatternde Mopeds. Die Fahrt muss allem Anschein nach mitten durch Hamburg gehen.
Wieder biegen wir nach rechts ab, dann sofort

nach links. Natürlich habe ich keinen Schimmer, wohin die Fahrt geht. Ich weiß nur, wo sie für mich enden wird: auf dem Friedhof.
Fieberhaft überlege ich, wie ich mich retten könnte. So fest ich auch mit Händen und Füßen gegen den Kofferraumdeckel stoße – von innen kriege ich ihn nicht auf. Und allzu laut darf ich auch nicht sein, sonst hört Herr K, dass da jemand in seinem Auto ist, den er nicht eingeladen hat.
Mir fällt der grüne Koffer ein, den die Baronin eben näher unter die Lupe nehmen wollte. Wer weiß, vielleicht finde ich darin irgendein Werkzeug, mit dessen Hilfe ich mich befreien könnte.
Ich taste im Dunkeln herum. Nach wenigen Sekunden berühren meine Fingerspitzen weiches Leder. Ich krümme mich in eine Ecke des Kofferraums und mache mir an den Schnappverschlüssen zu schaffen. Ohne Probleme gelingt es mir, den Koffer zu öffnen.
Meine Hände ertasten mehrere Gürtel darin. Die müssen für kleine Kinder sein, so eng sind sie. Fühlt sich an wie Leder mit Metallverschlüssen. Auf jeden Fall nichts, was mich retten könnte.
Wir halten kurz, dann fahren wir über irgendwas Holpriges. Meine Zähne schlagen klappernd auf-

einander. Aber das haben sie vorher eigentlich auch schon getan, allerdings nicht ganz so heftig. Hoffentlich hört das bald auf. Mit kaputten Zähnen hätte ich keine Chance, als Skelett im Biologieraum aufgestellt zu werden.

Zum Glück ist es heute bewölkt und nebelig. Wenn es so warm wäre wie gestern, wäre es hier drin so gemütlich wie in einem Mikrowellenherd.

Wieder bleiben wir stehen. Der Motor wird abgewürgt. Sieht ganz so aus, als wären wir am Ziel unserer Fahrt angekommen. Ich höre, wie eine Tür geöffnet wird. Kurz darauf fällt sie wieder zu. Ob Herr K ausgestiegen ist?

Nein, ich höre ihn reden. Seine Stimme klingt zwar dumpf, aber ich verstehe trotzdem jedes Wort.

»So schnell geht das nicht«, sagt er, worauf ein anderer Mann erwidert: »Das ist kein Kinderspiel, Ralf! Die Sache muss schneller über die Bühne gehen. Wenn wir auffliegen, landen wir beide im Knast.«

»Ach nee!«, sagt Herr K. »Aber hexen kann ich trotzdem nicht. Denk dran: Ich bin Künstler. Das braucht alles seine Zeit.«

Wie bitte? Hält er Mord etwa für eine Kunst?

»Quatsch doch keinen Käse!«, sagt der andere Mann. »Du sollst uns nichts für irgendein Museum liefern. Alles, was wir von dir erwarten, sind gefälschte Dokumente, klar?«

Dokumente? Er meint sicher Testamente!

»Ich muss mich doch auch um sie kümmern«, erklärt Herr K. »Hast du überhaupt 'ne Ahnung, wie nervend das ist? Wenn die nicht pünktlich ihre Mahlzeiten kriegen, machen sie einen höllischen Krach!«

»Na und? Die sind im Keller eingesperrt. Lass sie doch lärmen, so viel sie wollen! Das hört ohnehin kein Schwein, oder?«

Wie grausam: Die beiden Verbrecher halten ein paar hilflose alte Tanten gefangen! Die schreien sich jetzt gerade im Keller von Herrn Ks Haus die Seele aus dem Leib. Ob ich ihnen wohl bald dabei Gesellschaft leisten werde?

»Hast du die Fotos mitgebracht?«, fragt der Fremde.

»Hier!«

Aha, verstehe: Herr K hat gestern im Park also gar keine Hunde fotografiert, sondern alte Damen!

»Komm, gehen wir 'ne Pizza essen!«, schlägt der andere Mann vor. »Ich habe einen Mordshunger! Du auch?«

»Ja. Und höllischen Durst! Kennst du denn einen guten Italiener hier in der Nähe?«
»*La Fontana.* Ist gleich um die Ecke.«
Die beiden steigen aus dem Wagen und werfen die Türen zu.
Mit Schaudern denke ich an die armen alten Damen. Niemand wird sie retten können, weil nur ich von ihrem Schicksal weiß. Und nachdem Herr K und sein Komplize ihre Pizzen gefuttert haben, werde ich wohl leider bald ins Gras beißen müssen. Im Geiste höre ich schon die Totenglocken läuten. Komisch: Sie klingen genau wie ein Handy.
Moment mal – das *ist* ein Handy! Wie konnte ich nur das Telefon der Baronin vergessen?!
Ich taste den ganzen Kofferraum ab, bis ich das verdammte Ding zwischen meinen Füßen leuchten sehe. Ohne zu zögern drücke ich auf irgendeinen Knopf. Blöderweise war es der falsche: Eine Stimme leiert die Uhrzeit herunter. Als ob die mich noch interessieren würde! Wenn Herr K gleich den Kofferraum öffnet, hat sowieso mein letztes Stündlein geschlagen.
Total geknickt lasse ich das Handy der Baronin fallen. In diesem Moment beginnt es wieder zu klingeln. Diesmal drücke ich den richtigen Knopf.

»Hilfe! Hilfe!«, brülle ich ins Telefon.
»Schrei doch nicht so!«, kreischt die Baronin am anderen Ende der Leitung. »Sonst brauche ich selbst Hilfe, und zwar vom Ohrenarzt!«
»Jetzt ist keine Zeit für blöde Witze!«, beschwere ich mich. »Holen Sie mich hier raus! Ich will nicht sterben.«
»Ich auch nicht, trotzdem können wir nicht ewig leben, mein Junge. Irgendwann ist für jeden von uns die Uhr abgelaufen.«
»Für mich wahrscheinlich heute, wenn Sie mir nicht bald zu Hilfe kommen«, schreie ich hysterisch.
»Beruhige dich und atme ein paar Mal ganz tief durch«, rät mir die Baronin.
»Dann verbrauche ich die letzte Luft hier drin.«
»Wo bist du?«, fragt sie.
»Auf Mallorca. Am schönsten Strand der ganzen Insel. Haben Sie nicht selbst gesehen, wie ich ins Flugzeug gestiegen bin?«
Sie kichert.
»Wo soll ich schon sein?«, fauche ich sie an. »Im Kofferraum natürlich. Warum haben Sie mich hier reingeschmissen, verdammt?«
»Halt die Luft an!«, ermahnt mich die Baronin.

»Du hast nicht mehr viel davon. Sag mir jetzt mal genau, wie der Kerl gefahren ist. Kannst du dich daran erinnern, wie oft er in welche Richtung abgebogen ist?«

»Nein.«

»Hm. Fahrt ihr denn noch?«

»Nein, wir stehen. Er ist essen gegangen. Zusammen mit einem Komplizen.«

»Hörst du irgendetwas?«, fragt sie.

Ich spitze die Ohren. »Da ist ein Hupen. Und ein Tuten. Wie von Schiffen«, sage ich.

»Sehr gut«, lobt die Baronin. »Sonst noch was? Riechst du vielleicht was?«

Ich schnuppere.

»Es stinkt nach Schweiß. Angstschweiß. Und vielleicht habe ich auch in die Hose gemacht.«

»Ob du was von draußen riechst, will ich wissen!«

»Kaffee«, sage ich. »Wir müssen direkt vor einem Café gehalten haben.«

»Das würdest du nicht riechen«, stellt die Baronin fest. Dann klingt sie plötzlich aufgeregt. »Seid ihr über einen Bahnübergang gefahren?«

»Keine Ahnung. Alles, was ich unterwegs gesehen habe, ist nichts!«

»Hast du denn was gefühlt?«

»Angst!«, rufe ich verzweifelt aus. »Panische Angst!«

»Nein, ich meine, ob du ein Ruckeln gespürt hast. Seid ihr über Schienen gefahren?«

»Kann schon sein. Es gab mal so ein Geschüttel.«

»Dann weiß ich, wo du bist!«, jubelt die Baronin. »Halte durch, mein Junge! Und rühr dich nicht vom Fleck!«

Vom Fleck rühren? Schön wär's! Wenn ich das könnte, hätte ich kein Problem mehr.

Eine halbe Ewigkeit später höre ich, dass sich jemand am Schloss des Kofferraums zu schaffen macht. Wenn das Herr K ist, gibt es gleich einen Mord. Aber den gibt es auch, wenn das die Baronin ist. Ich werde ihr nämlich den Hals umdrehen.

O Mann, bin ich sauer auf meine alte Freundin! Schubst mich in den Kofferraum eines Mörderautos! Was hat sie als Nächstes mit mir vor? Mich gefesselt in die Elbe werfen?

Der Kofferraum geht auf. Ich blinzle in das grelle Licht. Geblendet halte ich eine Hand vor die Augen. Dann packen mich zwei Hände und heben mich aus dem Kofferraum. Die Arme drücken so kräftig zu, dass ich am liebsten um Hilfe schreien würde. Aber ich kriege keinen Ton raus, so trocken ist meine Kehle.

Es dauert ein paar Sekunden, bis ich merke, dass ich umarmt und nicht erwürgt werde. Es ist die Baronin! Vor Erleichterung fange ich an zu heulen.
»Weg hier!«, drängt sie und will mich mitschleifen.
»Einen Moment!«
Noch einmal beuge ich mich in den Kofferraum, schnappe mir einen der kleinen Gürtel und stecke ihn in die Jackentasche. Dann laufen wir auf die andere Straßenseite.
Die Baronin zieht mich in ein Café und drückt mich in einen Sessel.
»Ich hatte solche Angst um dich!«, stammelt sie.
»Ich auch!«
»Tut mir Leid!« Sie legt eine Hand auf meine Schulter. »Wenn ich dich erst aus dem Kofferraum gezogen und ihn danach zugemacht hätte, dann hätte er uns entdeckt.«
»Wie haben Sie mich denn gefunden?«
»Du hast was von Schiffsgeräuschen gesagt«, entgegnet die Baronin mit listiger Miene. »Also musstest du am Hafen sein. Aber der Hafen ist groß. Also musste ich wissen, ob du über den Bahnübergang gefahren bist. Da blieb nur noch der Nordteil des Hafens. Und der Kaffeegeruch kommt natürlich von der alten Kaffeerösterei. Also wusste ich,

wo du warst. Ich hab dem Taxifahrer gesagt, er soll alle Straßen rund um die Rösterei nach einem schwarzen Jaguar absuchen.«

Ich bin echt beeindruckt und das sage ich der Baronin auch.

»Ich wollte Ihnen die Suche nicht so einfach machen«, erkläre ich. »Sonst hätte ich Ihnen den Namen der Pizzeria genannt, in der Herr K und sein Kumpel gerade sitzen.«

Die Baronin stemmt die Hände in die Hüften und reißt die Augen auf.

»War nur 'n Witz!«, erkläre ich schnell, ehe sie einen Anfall bekommt. »Bei unserem Telefongespräch hab ich gar nicht daran gedacht, Ihnen von dem Restaurant zu erzählen. Außerdem kann ich mich nicht mehr an den Namen erinnern.«

»Aha.«

Sie bestellt sich ein Kännchen Tee und für mich heiße Schokolade. Als die dampfende Tasse vor mir steht, erzähle ich der Baronin, was ich im Auto gehört habe.

»Ich glaube nicht, dass es dabei um alte Damen geht«, meint sie, als ich mit meinem Bericht fertig bin.

»Und warum nicht?«

»Was hast du denn vorhin aus dem Kofferraum geholt?«, erkundigt sie sich.
Das hatte ich fast vergessen. Ich ziehe den Gürtel aus meiner Tasche und lege ihn auf den Tisch. Dabei erkenne ich, dass das gar kein Gürtel ist. Der würde nicht mal einem der Winzlinge aus Mutters Kindergarten passen.
»Das ist ein Hundehalshand«, stellt die Baronin fest.
»Hä? Jetzt verstehe ich überhaupt nichts mehr!«
»Und ich langsam alles ...«
Lächelnd lässt sie zwei Stückchen Kandiszucker in ihre Tasse fallen.
»Ist er denn jetzt der Mörder?«, frage ich.
Sie schüttelt den Kopf.
»Es gab keinen Mord«, meint sie leicht enttäuscht. »Vielleicht wollte ich nur, dass Frau K ermordet wurde, weil – na ja – weil das etwas beruhigender für mich gewesen wäre. Frau K war ja bis auf den letzten Tag kerngesund und guter Dinge.«
»Sie finden Mord beruhigend?«
»Beruhigender, als wenn eine Frau in meinem Alter einfach so in ihrem Bett stirbt, von einem Tag auf den anderen. Ohne jede Vorwarnung. Verstehst du das?«

»Hm.« Ich trinke einen Schluck Kakao. »Ehrlich gesagt rede ich nicht so gerne über den Tod.«

»Ich schon. Allerdings nicht über meinen eigenen«, fügt sie grinsend hinzu.

Verlegen greife ich nach dem Halsband und nehme es etwas genauer unter die Lupe. Dabei mache ich eine Entdeckung, die mich wie ein Schlag trifft: Am Verschluss des Bandes hängt ein kleiner, silberner Anhänger – in Form eines Delfins!

Flipper …

»Wir müssen unbedingt in Herrn Ks Haus!«, fordere ich prompt.

»Natürlich.« Die Baronin rührt ihren Tee um. »Und zwar morgen.«

Kapitel 9

Normalerweise schlafe ich samstags immer bis zum Mittagessen. Doch heute ist alles anders ...
Schon um sechs Uhr klingelt mein Wecker. Wütend schleudere ich ihn gegen die Wand. Das Ding landet unter meinem Schreibtisch und klingelt gnadenlos weiter.
Nachdem er verstummt ist, krieche ich todmüde aus dem Bett. Fast die ganze Nacht habe ich mich schlaflos hin und her gewälzt. So viele Schäfchen, wie ich in den letzten Stunden gezählt habe, gibt's auf der ganzen Welt nicht. Ein paar Mal bin ich eingeschlafen, doch kurz darauf wieder schweißgebadet aufgewacht. Ich träumte dauernd, ich läge noch im Kofferraum. Ständig klingelte das Handy. Aber wenn ich danach griff und es an mein Ohr hielt, verwandelte es sich in einen Schokoriegel oder in einen Hund.
Gähnend steige ich in meine Klamotten. Heute ist

der Tag, an dem wir Herrn K das Handwerk legen wollen. Seine Tante hat der Baronin mal erzählt, dass ihr Neffe jeden Samstag um halb acht in einem Café am Hafen frühstückt. Das bedeutet, dass wir etwa eine Stunde Zeit haben, uns in seinem Haus umzusehen. Und dabei entdecken wir hoffentlich genug Beweise, um die Polizei einschalten zu können.

Murat ist bei dieser entscheidenden Aktion ebenfalls dabei. Er soll draußen Schmiere stehen und mit dem Handy der Baronin die Polizei rufen, wenn es brenzlig wird.

Ich habe keinen blassen Schimmer, was wir in Herrn Ks Keller vorfinden werden. Die Baronin wollte mir ihren Verdacht nicht mitteilen.

»Der Täter wird erst auf den letzten Seiten entlarvt«, meinte sie. »Aber wenn du zwei und zwei zusammenzählst, könntest du eigentlich jetzt schon ahnen, wie der Hase läuft.«

So ein Quatsch! Erstens ist das hier kein Krimi, sondern das echte Leben. Und zweitens geht es hier nicht um Hasen, sondern um Hunde. Und um eine tote Tante. Und um ein paar lebende Tanten, wenn wir früh genug in den Keller kommen.

Auf dem Weg ins Bad lausche ich den leisen Schnarchgeräuschen aus dem Schlafzimmer meiner Eltern. Zur Feier des Tages verzichte ich aufs Duschen und begnüge mich mit einer Katzenwäsche. Dann gehe ich in die Küche und schiebe mir schnell eine Ladung Müsli in den Mund.

Anschließend mache ich mich auf den Weg zur Haltestelle. Mein Magen fährt Achterbahn, so mulmig ist mir zu Mute. Was ist, wenn Herr K heute gar nicht ins Café fährt und stattdessen seelenruhig mit der Knarre in der Hand darauf wartet, dass wir in sein Haus einbrechen? Dann heißt es Gute Nacht, und das schon am frühen Morgen.

In der S-Bahn versuche ich zwei und zwei zusammenzuzählen und überlege, was sich die Baronin wohl im Keller zu finden erhofft. Aber ich bin so müde, dass ich kaum die Augen aufhalten, geschweige denn mein Hirn richtig in Schwung bringen kann. Beim Gähnen renke ich mir fast den Unterkiefer aus. Um mich am Einschlafen zu hindern, kneife ich mir immer wieder in die Oberschenkel.

Es ist zehn vor halb acht, als ich aus der S-Bahn steige. Die Baronin wartet schon ungeduldig auf mich. Von Murat ist natürlich weit und breit nichts zu sehen. Kann der Blödmann nicht wenigstens ein einziges Mal im Leben pünktlich sein?

Heute hat die Baronin auf jede Maskerade verzichtet. Die kurzen, grauen Haare stehen ihr sowieso viel besser als die lange, rote Mähne. Richtig pfiffig sieht sie aus mit ihren hellwachen Adleraugen, denen nie etwas entgeht.

Nachdem wir uns begrüßt haben, verschwindet ihr Lächeln.

»Hör zu, Benedikt!«, beginnt sie mit ernster Miene. »Nach der gefährlichen Sache mit dem Kofferraum habe ich beschlossen lieber allein ins Haus zu gehen. Ich will dich nicht noch einmal in so große Gefahr bringen, verstehst du?«

»Sind Sie verrückt?«, protestiere ich. »Erst darf ich die ganze Drecksarbeit erledigen, aber wenn's wirklich spannend wird, wollen Sie die Sache ohne mich durchziehen. Das ist eine Riesengemeinheit!«

Um mich zu beruhigen, legt sie eine Hand auf meine Schulter. »Was wir beide vorhaben, ist kein Kinderspiel. Das ist was für echte Profis! Und du bist ein Schüler.«

»Und Sie sind eine Rentnerin!«, knurre ich. »Aber irgendwie dachte ich, wir sind trotzdem Profis.«

Da fängt die Baronin an zu lachen. »Ja, du hast Recht! Behaupte hinterher aber bloß nicht, ich hätte dich nicht gewarnt.«
»Keine Angst!«
»Du hast keine Angst?«, fragt sie erstaunt.
»Doch, habe ich«, gebe ich kleinlaut zu. »Und Sie?«
»Ich auch. Aber das würde ich dir nie verraten.« Sie schaut sich nach allen Seiten um. »Wo bleibt denn dein Freund?«
Ich zucke die Schultern. »Auf den ist nur Verlass, wenn man ein paar blöde Witze hören will.«
Zehn endlose Minuten warten wir auf Murat, doch der lässt sich einfach nicht blicken. Wahrscheinlich liegt er noch im Bett und träumt von seinem ersten großen Auftritt als Komiker.
»Wenn wir noch länger hier rumstehen, wird die Zeit zu knapp«, sagt die Baronin schließlich. »Herr K ist schon längst weg. Los, brechen wir ein!«
Mit entschlossenen Schritten marschiert sie auf das Haus zu. Mit reichlich gemischten Gefühlen hefte ich mich an ihre Fersen. Mein Magen fühlt sich an, als würden dort gerade eine Million Ameisen eine Riesenparty veranstalten.
Als wir an der Tür ankommen, packt die Baronin ihr Etui aus. Diesmal braucht sie etwas länger.

Vielleicht wäre es gar nicht so übel, wenn sie das Schloss nicht knacken könnte. Das würde uns möglicherweise einen Haufen Ärger ersparen.
Doch auf einmal klickt das Schloss und die Baronin öffnet die Tür.
Bevor wir hineingehen, nickt sie mir aufmunternd zu und flüstert: »Wird schon schief gehen!«
Genau das befürchte ich ja!
Ich lasse der Baronin den Vortritt. Schließlich bin ich ein höflicher Junge. Und ein ziemlicher Angsthase. Zu gerne würde ich jetzt einfach davonhoppeln. Aber dafür ist es zu spät. Nie im Leben würde ich die Baronin bei einer so gefährlichen Aktion im Stich lassen.
Im Haus ist es ganz schön dunkel. Ein widerlicher Geruch liegt in der Luft.
»Verwesendes Fleisch«, murmelt die Baronin.
»Igitt! Ich glaube, ich muss kotzen!«
»Beruhige dich! Hier gibt's keine Leichen. Zumindest keine menschlichen.«
»Hat er Tiere ermordet?«, frage ich.
»Nein«, antwortet sie und geht leise den Flur entlang. »Das hat der Metzger für ihn erledigt.«
Wir betreten das Wohnzimmer. Die Vorhänge sind zugezogen. So wenig Möbel habe ich noch

nie in einem Raum gesehen. An einer Wand steht ein schäbiges Sofa. In einer Ecke entdecke ich eine Staffelei. Das Bild darauf ist mit einem Tuch zugedeckt.
Die Baronin geht darauf zu und zieht das Tuch weg. Ich hatte eines dieser rosa Hühnerbilder erwartet. Aber auf diesem Bild ist ein Baum zu sehen. Ich ziehe den Vorhang ein Stück zur Seite, damit wir das Bild besser erkennen können. Seltsam! Statt der Äste stehen links und rechts vom Baum Namen in einer verschnörkelten Schrift.
»Was soll das sein?«, frage ich.
»Ein Stammbaum. So was hab ich auch. Da stehen die Namen all meiner Vorfahren drauf. Und in der Krone des Baumes steht der Name meines Großneffen. Er ist der jüngste Spross der Familie von Stöver.«
Ich beuge mich näher an den Stammbaum. Mühsam entziffere ich die Buchstaben. In der Krone steht *Schelm von Birkenhausen.*
»Wer nennt seinen Sohn denn Schelm?«, frage ich.
»Nicht seinen Sohn«, erwidert die Baronin. »Seinen Hund. Das ist der Stammbaum eines Hundes.«
»Und warum malt Herr K den?«, frage ich.

»Weil er irgendeinen ganz gewöhnlichen jungen Hund als Rassehund mit Stammbaum verkauft. Und dafür kassiert er ein paar Tausend Euro.«

»Aha! Damit verdient er also sein Geld!«

Mit einem Schlag wird mir klar, was Sache ist. Jetzt weiß ich, warum Herr K die Hunde fotografiert. Sein Komplize hat wohl all die jungen Vierbeiner im *Planten un Blomen* und in den Straßen drum herum geklaut. Und dann hat Herr K die Stammbäume gemalt. Die Seite, die Bianca im Internet gefunden hat, haben vermutlich die beiden angelegt. Dann war also der Hund, der ihrem Flipper so ähnlich sah, tatsächlich ihr Flipper. Zwei und zwei ist also gleich Hundnapping.

»Wahnsinn!« Ich grinse übers ganze Gesicht. »Wir haben Herrn K und seinen fiesen Kumpel überführt! Ich bin echt beeindruckt.«

»Von wem?«

»Na von uns! Wir sind ja richtig gut. So ein komplizierter Fall! Und wir haben ihn tatsächlich gelöst!«

»Noch nicht ganz!«, sagt die Baronin. »Komm, wir gehen in den Keller!«

Zögernd folge ich ihr. Nach einigem Suchen finden wir eine Tür, hinter der eine Treppe nach un-

ten führt. In dem Augenblick, als ich das Licht einschalte, setzt ohrenbetäubendes Bellen ein.
Wir gehen die Stufen hinunter und sehen neun Käfige, in denen jeweils ein Hund auf und ab springt. Sie sind alle jung und reinrassig. Und sie stinken! Herr K hat die Käfige wohl nicht sehr sauber gehalten.
In einer Ecke liegt ein aufgeschlitzter, schwarzer Sack. Jede Menge rohes Fleisch ist auf den Boden gefallen. Der Gestank ist so widerlich, dass mir fast das Müsli hochkommt.
Fünf der Hunde sind schwarz, drei sind dunkelbraun. Aber einer ist hellbraun – genau wie das Hündchen auf Biancas Zeichnung. Ich gehe vor dem Käfig in die Knie und sehe mir das niedliche Kerlchen etwas genauer an.
»Bist du Flipper?«, frage ich den kleinen Kläffer. Der hört sofort auf zu bellen und zu springen, starrt mich mit großen Augen an und wedelt wie verrückt mit seinem Schwänzchen.
Kein Zweifel: Das ist der Besitzer des Halsbandes mit dem Anhänger. Ich habe Flipper gefunden!
»Lassen wir sie jetzt raus?«, frage ich die Baronin.
»Spinnst du?«, erwidert sie. »Wir rufen erst mal die Polizei.«

»Ich habe noch einen anderen Vorschlag«, ertönt eine bekannte Stimme hinter uns.
Mit einem Schlag sind die Hunde mucksmäuschenstill. Erschrocken fahren wir herum.
Herr K steht breitbeinig in der Kellertür. In einer Hand hält er das größte Messer, das ich je gesehen habe.
»Was haben Sie vor?«, zischt die Baronin ohne die geringste Angst. »Machen Sie keinen Quatsch! Jede Sekunde trudelt die Polizei hier ein und bringt Sie hinter Gitter!«
»Bis dahin wandert ihr selbst ins Gefängnis!« Herr K zeigt auf Flippers Käfig. »Ihr klettert jetzt mal zu eurem kleinen Freund. Später überlege ich mir dann, was ich mit euch mache. Na los, worauf wartet ihr? Seid ihr beide schwerhörig? Rein in den Käfig!«
Da greift sich die Baronin an die Stirn und setzt wieder ihren irren Blick auf.
»Wo – wo bin ich?«, stammelt sie verwirrt. »Kann mir jemand sagen, wo – wo ich – ja, das ist Brasilien! Jetzt erkenne ich es. Wir sind in Bremen, in der Hauptstadt von Brasilien.«
»Sparen Sie sich Ihre Schauspielkünste! Ich habe Sie längst durchschaut!«, schnauzt Herr K sie an.

»Setzen Sie sich endlich in Bewegung, sonst mache ich Ihnen Beine!«
»Was erlauben Sie sich, Sie Flegel?«, fährt ihn die Baronin entrüstet an. »In so einem Ton reden Sie gefälligst nicht mit mir. Ich bin Baronin von Stöver.«
»Lassen Sie Ihre dämlichen Schwindeleien!«, brüllt Herr K. »Auf diesen Schwachsinn falle ich nicht noch mal rein! Sie nehmen jetzt Ihren Milchbubi an die Hand und klettern in den Käfig, verstanden?«
»Wie denn, Sie Schlauberger? Der ist doch abgeschlossen. Sollen wir uns durch die Gitterstäbe zwängen?«
Grummelnd kommt Herr K langsam die Stufen herunter und fuchtelt dabei mit dem Messer herum. Oder ist das etwa ein zu kurz geratenes Schwert? Egal – auf nähere Bekanntschaft mit dem Ding legen weder ich noch mein Körper besonders großen Wert!
Während Herr K einen Schlüsselbund zückt und sich am Schloss von Flippers Käfig zu schaffen macht, stößt mich die Baronin in die Seite.
»Nun mach schon!«, fordert sie mich leise auf. »Du kannst doch Judo! Tu was!«

»Wenn er sich auf den Boden legen würde, könnte ich ihn vielleicht drei Minuten lang festhalten«, flüstere ich zurück. »Das gelingt mir zumindest bei Murat.«

Genau in diesem Augenblick erscheint eine große schwarze Schnauze in der Kellertür. Und hinter der Schnauze schiebt sich der Körper eines riesigen Dobermanns auf die Treppe. Ein ungemütliches Knurren ist zu hören.

»Ruhe!«, kreischt Herr K.

Das Knurren verwandelt sich in ein Bellen. Herr K dreht sich um, reißt die Augen auf und schimpft: »Wo kommt denn dieses Monster her, zum Teufel?«

»Das ist wirklich ein Teufel«, lache ich erleichtert. »Aber seine Freunde nennen ihn Satan.«

Langsam kommt der Dobermann die Stufen herunter und lässt sich vor Herrn K auf den Hinterpfoten nieder. Der Ganove bedroht ihn mit seinem Messer. Genau drei Sekunden lässt Satan sich das gefallen. Dann springt er knurrend auf Herrn K zu. Der lässt schreiend das Messer fallen und geht zu Boden. Satan setzt sich auf seine Brust. Dabei schmiegt er den Kopf an Herrn Ks Hals.

»Hilfe!«, brüllt Herr K in panischer Angst. »Dieser Killerhund beißt mir die Kehle durch!«
»Noch nicht«, sagt Murat, der grinsend die Treppe herunterkommt. »Erst, wenn ich ihn darum bitte.«
»Murat, mein bester Freund!« Vor Begeisterung falle ich ihm um den Hals. Wenigstens weiß er, was das Zweitwichtigste an einem besten Freund ist: Da zu sein, wenn man ihn braucht!
»Gleich kommen noch mehr Freunde!«, verrät uns Murat. »Freunde und Helfer. Ich hab der Polizei Bescheid gesagt!«
Und da ertönen auch schon die Sirenen. Kurz darauf tauchen die ersten Beamten im Keller auf.
Sie lassen sich von der Baronin kurz erzählen, was passiert ist. Dann schreiben sie unsere Namen und Adressen auf und verhaften Herrn K.
Eigentlich wirkt er richtig glücklich. Kein Wunder: Die Handschellen scheinen ihm lieber zu sein als Satans Gebiss.
Ich nehme mir ganz fest vor, nie wieder etwas gegen Hunde zu sagen. Schon gar nicht gegen große!
»Wir lassen die Kläffer später abholen«, sagt einer der Polizisten zur Baronin. »Hoffentlich können wir ganz genau feststellen, wem die Tiere gehören.«

Ich deute auf Flipper. »Der hier gehört Bianca Klinger. Wollen Sie ihre Adresse haben?«
Der Polizist nickt, holt ein kleines Notizbuch aus der Tasche und schreibt meine Angaben hinein.
Eine Minute später taucht noch jemand mit einem Notizblock auf: ein Journalist der *Hamburger Morgenpost*.
»Wie seid ihr dem Kerl denn auf die Schliche gekommen?«, erkundigt er sich neugierig. »Das scheint mir ja ein richtig schwerer Fall gewesen zu sein.«
»Tja, wir sind eben richtig gute Spürnasen!«, erklärt Murat großspurig ohne die Baronin oder mich zu Wort kommen zu lassen. »Aber das ist eine lange Geschichte. Gehen wir mal nach oben, dann erzähle ich sie Ihnen.«
Er fasst den verdutzten Mann am Arm und stapft mit ihm die Treppe hinauf, gefolgt von Satan.
Die Baronin und ich lächeln uns an. Dabei müssen wir gleichzeitig gähnen.
»Für uns hat der Tag heute verdammt früh begonnen, mein Junge!«
»Aber dafür war er auch verdammt spannend.«
»Komm, ich spendiere uns ein Taxi nach Hause«, schlägt sie vor.

Beim Rausgehen kommen wir an Murat und dem Journalisten vorbei.
»Bei diesem Fall musste ich natürlich in Topform sein!«, faselt Murat gerade. »Haben Sie sich schon mal am Dach eines fahrenden Autos festgehalten? Im Fernsehen sieht das immer ziemlich einfach aus. Aber in Wirklichkeit muss man schon ein echtes Kraftpaket und höllisch geschickt sein, wenn man so was ohne einen Kratzer überleben will.«
Aha – Murats Märchenstunde ist voll im Gange. Hoffentlich glaubt ihm der arme Schreiberling nur jedes tausendste Wort.

Kapitel 10

Bevor ich am nächsten Tag ins Heim gehe, kaufe ich noch schnell eine Sonntagszeitung. Wäre doch gelacht, wenn da kein Artikel über die beiden Hamburger Helden drin wäre!
Tja, die Schlagzeile ist es mal nicht. Da steht *Pandanachwuchs im Berliner Zoo*. Hm, vielleicht hätten wir lieber ein paar Pandas retten sollen.
Ich laufe in den zweiten Stock und klingle bei der Baronin. Sie öffnet sofort.
»Na, gut geschlafen, du Meisterdetektiv?«, begrüßt sie mich gut gelaunt.
»Wie ein Toter«, antworte ich grinsend.
Die Baronin droht mir mit dem Zeigefinger. »Über so was macht man keine Witze«, brummt sie.
Im Wohnzimmer wartet schon der Früchtetee auf uns. Nachdem wir es uns auf dem Sofa gemütlich gemacht haben, schenkt die Baronin ein. Dabei fragt sie beiläufig: »Na, hat Bianca schon bei dir angerufen?«

Am prompten Wechsel meiner Gesichtsfarbe müsste die Baronin ablesen können, dass ich tatsächlich schon was von Bianca gehört habe.
Sie rief gestern Abend an. Die Polizei hatte sich bei ihr gemeldet und ihr verraten, wer den Räubern ihres Flippers und der anderen Hunde auf die Spur gekommen war. Heute Nachmittag darf sie ihren Hund im Tierheim abholen.
Tja, damit ist leider nichts aus meinem Traum geworden, von ihr einen Kuss auf die Backe gedrückt zu bekommen.
»Also, hast du jetzt was von ihr gehört oder nicht?«, fragt die Baronin neugierig.
Ich nicke. »Sie hat sich bedankt. Und zwar mit ganz netten Worten«, füge ich verlegen hinzu. »Aber die verrate ich Ihnen nicht.«
Die Baronin lächelt versonnen: »Jaja, die Liebe ...«
»Reden Sie von Herrn Hoffmann?«
Jetzt wird die Baronin rot.
»Nein«, knurrt sie fast so gefährlich wie Satan. »Im Übrigen habe ich jetzt noch sehr viel weniger Interesse an ihm als vorher.«
»Warum denn das?«
»Anfangs dachte ich, er könnte ebenfalls unsere Miss K ermordet haben«, erklärt sie.

»Dann war er also Ihr Verdächtiger B?«

»Genau. Ich dachte, er hätte es vielleicht nicht verkraftet, dass sie ihm einen Korb gegeben hat. Männer sind ziemlich seltsam, weißt du? Vor allem, wenn es um Liebe geht.«

»Jungs auch.«

»Und Mädchen und Frauen ebenfalls«, ergänzt die Baronin glucksend.

Sie greift nach der Zeitung und schlägt sie auf.

»Mal sehen, ob was über uns drinsteht.«

Mit gerunzelten Augenbrauen überfliegt sie die erste Seite. Dann blättert sie um. Zwei Sekunden später blättert sie wieder um.

»Was ist denn das für ein Mistblatt?«, regt sie sich auf. »Jetzt bin ich schon auf Seite sechs und noch immer keine Zeile über uns!«

Plötzlich hellt sich ihr Gesicht auf. »Na endlich!«

Sie liest den Text. Dabei beobachte ich, wie ihr Gesichtsausdruck immer gereizter wird. Schließlich ruft sie wütend aus: »So eine bodenlose Frechheit!«

Ich nehme ihr die Zeitung aus der Hand. In der unteren rechten Ecke prangt ein Bild des grinsenden Murat. Neben ihm hockt Satan.

Hundedieb gefasst, lautet die Überschrift.

Darunter stehen nur ein paar Zeilen: *Unter Einsatz seines Lebens ließ der zehnjährige Murat N. aus Hamburg einen Diebesring auffliegen.*
Der 40-jährige Ralf K. und sein Komplize Roland F. raubten im Zeitraum von drei Wochen neun junge Hunde in Hamburg. Gestern konnten der Drahtzieher und sein Komplize dank Murats waghalsigem Einsatz dingfest gemacht werden. Die Hunde werden heute ihren rechtmäßigen Besitzern zurückgegeben.
»War gar nicht so leicht«, meint der bescheidene Murat. »Aber ich hatte ja Hilfe.«
Damit ist sein Dobermann Schnuffel gemeint. Solange diese zwei echten Profis über Hamburg wachen, können seine menschlichen und tierischen Einwohner ruhig schlafen.
»Der Name des Hundes ist auch falsch«, meine ich lahm.
»Na ja, immerhin sieht er auf dem Foto verdammt gut aus«, stellt die Baronin fest.
Ich sehe sie verblüfft an. »Murat?«
»Nein, Satan!«

UEBERREUTER

Krimispaß mit Bieniek & Band

Die Spur des Katers
ISBN 3-8000-2853-0

Jagd auf den Pillendieb
ISBN 3-8000-2854-9

Bieniek & Band
2 echte Profis
120 Seiten, lam. Pappband, ab 10
€ 9,95 / sFr 18,50

Ein Fall für zwei

Christian Bieniek, Marlene Jablonski, Vanessa Walder
Der geschmuggelte Ring
Zwei echte Profis
128 Seiten
Taschenbuch
ISBN 3-551-36255-6

Verflixt! Da fasst sich Benedikt endlich ein Herz und schenkt seinem heimlichen Schwarm Bianca einen Ring zum Valentinstag und prompt geht alles schief. Denn Baronin von Stöver, seine Partnerin in Sachen Verbrechensaufklärung, erkennt sofort, dass der Ring, den Benedikt zu seinen Nachos dazubekommen hat, ein teures Schmuckstück ist. Schon stecken die beiden wieder in einem turbulenten Fall ...

CARLSEN

www.carlsen.de

Spürsinn gefragt

Christian Tielmann
Ertappt!
Jede Menge Rätselkrimis
Illustriert von H. Schulmeyer
Originalausgabe
144 Seiten
Taschenbuch
ISBN 3-551-35187-2

Christian Tielmann
Erwischt!
30 neue Rätselkrimis
Illustriert von H. Schulmeyer
Originalausgabe
128 Seiten
Taschenbuch
ISBN 3-551-35192-9

Kommissar Schlotterteich ist ein alter Hase bei der Polizei. Er hat schon so manchen Schwerverbrecher hinter Gitter gebracht. Doch auch für ihn ist nicht jeder Dieb auf den ersten Blick zu entdecken ...

CARLSEN

www.carlsen.de

Nur ein Schatten?

Melvin Burgess
Das Geheimnis im Schacht
Deutsche Erstausgabe
160 Seiten
Taschenbuch
ISBN 3-551-35184-8

Als der 12-jährige David durch Zufall entdeckt, dass er über einen Lüftungsschacht in die anderen Wohnungen im Haus gelangen kann, macht er sich einen Spaß daraus, seine Nachbarn auszuspionieren und zu erschrecken. Doch was als dummer Streich beginnt, gerät bald außer Kontrolle, denn in den dunklen Gängen lauert ein gefährliches Geheimnis ...

CARLSEN

www.carlsen.de

Auf sich gestellt

Gary Paulsen
Allein in der Wildnis
192 Seiten
Taschenbuch
ISBN 3-551-35224-0

Brian ist in einem kleinen Flugzeug auf dem Weg zu seinem Vater, als der Pilot plötzlich einen Herzinfarkt erleidet und stirbt. Nun ist Brian allein am Himmel, vor sich Instrumente, mit denen er nicht umgehen kann, im Herzen die Gewissheit des Todes. Doch dem Jungen gelingt das Unmögliche: eine Notlandung auf einem See mitten in den kanadischen Wäldern. Nur, dass damit das wahre Abenteuer erst beginnt, denn nun muss er lernen, in der Wildnis zu überleben ...

CARLSEN

www.carlsen.de

Ritter & Co.

Gerald Morris
Der kecke Knappe und sein König
240 Seiten
Taschenbuch
ISBN 3-551-35266-6

Terence ist ein ungewöhnlicher Knappe: Anfangs kann er weder reiten, noch weiß er mit einem Bogen richtig umzugehen. Aber dafür versteht er es, sich lautlos durch den Wald zu bewegen und sieht Wesen, die normalerweise unsichtbar sind. Und so hat Ritter Gawain mit ihm einen Knappen bekommen, der ihm auf der Ritterfahrt vor allem in kniffligen Situationen ein hilfreicher Gefährte ist. Auch wenn Terence ihn teilweise erst in solche Schwierigkeiten bringt ...

CARLSEN

www.carlsen.de